Extrait de la *Revue du Vivarais Illustrée*
(1902-1903)

Tiré à vingt exemplaires
N° *1.*

LES
DEMOISELLES
DE SAINT-CYR

ORIGINAIRES

DU VIVARAIS

PAR

A. LE SOURD

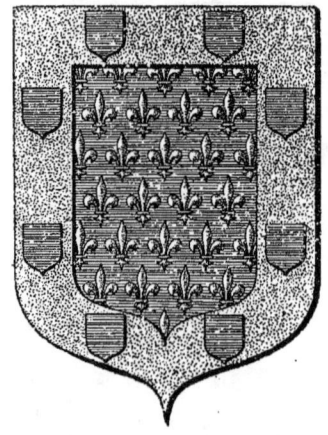

VIVARAIS ANCIEN

PRIVAS
IMP. CONSTANT LAURENT
—
1903

LES
DEMOISELLES DE SAINT-CYR
ORIGINAIRES DU VIVARAIS.

On sait que la maison royale de St-Louis à Saint-Cyr fut fondée par Louis XIV, à la demande de Madame de Maintenon, pour servir à l'éducation des jeunes filles nobles peu fortunées. Rappelons seulement que la maison de St-Louis, inaugurée par le Roi le 29 août 1686, fut transformée six ans plus tard en un monastère de l'ordre de Saint-Augustin. Les élèves, au nombre de deux cent cinquante, entraient vers l'âge de sept ans, et sortaient à vingt ans, elles recevaient alors une dot de trois mille livres. Il était nécessaire, pour être admis à Saint-Cyr, de faire les preuves d'une noblesse de quatre degrés et de cent ans d'ancienneté.

Ces preuves furent réunies et conservées à Saint-Cyr dans de grands registres reliés en maroquin du Levant, qui furent malheureusement brûlés à Versailles sur la place Dauphine, au lendemain du 10 août.

Nous pensons cependant qu'il n'est pas impossible de remédier à cette perte. La Bibliothèque nationale possède en effet un certain nombre de registres qui contiennent les minutes des preuves de toutes les jeunes filles admises à St-Cyr avant 1766. On trouve d'autre part aux archives de Seine et Oise un grand nombre de documents qui proviennent de la maison de Saint-Louis. Nous y avons relevé, à partir de 1766, les noms d'un certain nombre de jeunes filles du Vivarais et nous avons pu retrouver à la Bibliothèque nationale, dans les diverses collections formées avec les papiers de d'Hozier, les brouillons des preuves de noblesse présentées par ces jeunes filles.

Nous allons d'abord donner ici la suite ainsi reconstituée de ces preuves et nous la ferons suivre de quelques notes.

A. Le Sourd.

I

I

Vivarais. — Janvier 1687. — Preuves de la noblesse de demoiselle Louise de Surville de Maleval, présentée pour être reçue dans la Communauté des Demoiselles de Saint-Louis à Saint-Cyr (1).

LOUISE DE SURVILLE DE MALEVAL
1687.

D'azur à trois roses d'argent, deux et une, et un chef d'hermines.

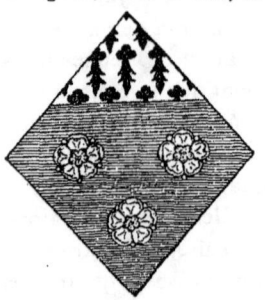

Extrait du registre des baptêmes de la paroisse de la ville du Bourg de Saint Andéol, en Vivarais, signé par collation du 15 novembre 1686 Girard, notaire de cette ville, et légalisé, portant que Louise, née le 1er octobre 1677 du mariage de noble François de Surville, seigneur de Maleval, et de demoiselle Charlotte de Solignac, fut baptisée le 11 novembre de la même année.

Premier degré : père et mère.

FRANÇOIS DE SURVILLE, SEIGNEUR DE MALEVAL,
CHARLOTTE DE SOLIGNAC, SA FEMME, 1663.

D'azur au lévrier d'argent chargé de trois molettes de sable.

 Contrat de mariage de messire François de Surville, seigneur de Maleval et des Hermessènes, fils de messire Jean de Surville, seigneur de Gras, et de demoiselle Blandine de Boni, avec demoiselle Charlotte de Solignac, fille de messire François de Solignac, sieur de la Grandcour, et de demoiselle Charlotte Guérin. Ce contrat du 2 septembre 1663, reçu par Maurin, notaire à Aubenas.

(1) Bibliothèque nationale, Ms. fr. 32.119 f° 45 et 46.

Quittance de la somme de 20 livres à laquelle avoit été taxé noble François de Surville, sieur de Maleval, pour sa contribution au ban et arrière-ban de la province de Languedoc, à cause de la coseigneurie et mandement de Gras, au diocèse de Viviers, donnée le 19 avril 1675, et signée Vergnes.

Ordonnance rendue le 9 février 1673 par le sénéchal de Beaucaire et de Nismes sur les différends qu'avoit noble François de Surville, sieur de Maleval, comme fils et héritier de noble Jean de Surville.

Deuxième degré : ayeul et ayeule.

JEAN DE SURVILLE, SEIGNEUR DES HERMESSÈNES,
BLANDINE DE BONI, SA FEMME, 1613.

D'azur semé de lions d'or, fretté de même.

 Contrat de mariage de noble Jean de Surville, sieur des Hermessènes, de Gras et de Saint-Montan, fils de noble Antoine de Surville et de demoiselle Catherine de Labeau-Bérard, avec demoiselle Blandine de Boni, fille de noble Pierre de Boni, sieur de Larnac et de Trolhas, et de demoiselle Catherine de Porcelet. Ce contrat du 26 mars 1613, reçu par Bernardin, notaire de la ville du Saint-Esprit.

Dénombrement de la terre et seigneurie de Maleval, mouvante de la baronnie de Balazuc, donné par noble Jean de Surville, seigneur de Maleval et des Hermessènes, aux commissaires députés par le Roi dans les sénéchaussées de Beaucaire et de Nîmes pour la convocation du ban et arrière-ban de ces sénéchaussées. Cet acte, sans date, signé : De la Vie, substitut du greffier de cette commission.

Brevet du 12 mai 1629, signé Louis, et contresigné Bouthillier, par lequel Sa Majesté, mettant en considération les services que lui avoit rendus Jean de Surville, sieur de Maleval, la perte de ses biens qu'il avoit eté obligé d'abandonner à cause des courses continuelles que faisoient les rebelles de La Gorce, les Salleles, et de Vallon, et que son frère avoit été tué par ordre du duc de

Rohan en défendant le lieu de Monts, lui donne la confiscation des biens qui lui appartenoient par la rébellion de Pierre Ozil, habitant de la Gorce.

Troisième degré : bisayeul et bisayeule.

ANTOINE DE SURVILLE, SEIGNEUR DES HERMESSÈNES,
CATHERINE DE LABEAU-BÉRARD, SA FEMME, 1586.

De gueules à un bélier d'argent, accorné d'or.

Contrat de mariage de noble Antoine de Surville, sieur des Hermessènes, de Gras, des Hermessènes et de Consignac, fils de noble Antoine de Surville et de demoiselle Mathiève Bége, avec demoiselle Catherine de Labeau-Bérard, fille de noble Michel de Labeau-Bérard et demoiselle Jeanne de la Font. Ce contrat du 19 mars 1586, reçu par Martin, notaire à Avignon.

Testament de noble Antoine de Surville, écuyer, sieur des Hermessènes, et coseigneur de Gras, par lequel il institue son héritier Jean de Surville, son fils. Ce testament du 26 février 1596, reçu par Du Sault, notaire à Saint-Montan.

Aveu du 8 janvier 1585, signé Du Sault, notaire à Saint-Montan, donné par Antoine de Surville, fils d'Antoine de Surville, écuyer, seigneur des Hermessènes, de Gras, de Saint Montan et de Consignac.

Quatrième degré : trisayeul et trisayeule.

ANTOINE DE SURVILLE, SEIGNEUR DE GRAS,
MATHIÈVE BÈGE, SA FEMME, 1555.

*D'azur à trois croix d'or, posées deux et une, et un chef de même
emmanché de trois pièces et deux demies.*

Vente d'héritages assis dans le terroir de la seigneurie de Gras, faite le 13 janvier 1555 à demoiselle Mathiève Bége, femme de noble Antoine de Surville, coseigneur de Gras et de Saint-Montan. Cet acte signé La Motte, notaire de la ville du Bourg de Saint-Andéol.

Testament de noble homme Antoine de Surville, seigneur de

Gras, par lequel il fait ses légataires nobles François, Jean, Gracien, Claude, Antoine et Olivier de Surville, ses enfans, et nomme son exécuteur noble Antoine de Surville, son fils aîné. Ce testament du 12 juin 1558, reçu par Pochoni, notaire à Avignon.

Dénombrement du 13 mars 1539 donné au sénéchal de Beaucaire et de Nîmes par noble Antoine de Surville, à cause de ses fiefs nobles et arrière-fiefs qu'il tenoit du Roi dans cette sénéchaussée et dans le bailliage de Vivarais.

Testament de noble homme Claude Motte, coseigneur de Gras et de Saint-Montan, au diocèse de Viviers, par lequel il institue son héritier universel noble Antoine de Surville, son neveu. Ce testament du 30 septembre 1535, reçu par Alzas, notaire à Gras.

Ordonnance rendue à Montpellier le 3 juillet 1669 par M. de Bezons, intendant de la province de Languedoc, portant confirmation de la noblesse de François de Surville, sieur de Maleval, sur la production qu'il avoit fait, pour la justifier, des mêmes titres que ceux qui sont énoncés dans cette preuve.

Nous, CHARLES D'HOZIER, Conseiller du Roi, Généalogiste de sa Maison, Juge général des Armes et Blasons de France, et Chevalier des Ordres militaires de Saint-Maurice et de Saint-Lazare de Savoie, CERTIFIONS au Roi que Demoiselle LOUISE DE SURVILLE DE MALEVAL a la noblesse nécessaire pour être reçue dans la Communauté des Demoiselles de Saint-Louis, à Saint-Cyr, comme il est justifié par les actes énoncés dans cette preuve, que nous avons vérifiée et dressée, à Paris, le 13 janvier mil six cent quatre vingt sept (signé :) D'HOZIER. *Vu bon, d'Hozier* (1).

II

Vivarais. — *Octobre 1694.* — Preuves de la noblesse de demoiselle Gabrielle de Balazuc de Montréal, présentée pour être reçue dans la Communauté des Filles Demoiselles du Monastère de Saint-Louis fondée par le Roi à Saint-Cyr, dans le parc de Versailles (2).

(1) Visa et signature autographes.
(2) Bibliothèque nationale. Ms. fr. 32.119 fⁱ. 321 et ss.

GABRIELLE DE BALAZUC DE MONTRÉAL
1694.

D'azur à un demi-vol d'argent posé en pal.

Extrait du registre des baptêmes de la paroisse de Chomérac, au diocèse de Viviers, portant que Gabrielle, née le onzième de mars de l'an 1683, du mariage de noble Jean de Balazuc, seigneur de Lanas, et de noble Claudine de Hautvillar, sa femme, fut baptisée le 15ᵉ du même mois de la même année. Cet extrait signé André, curé de Chomérac, délivré le 3ᵉ de juin de l'an 1694 et légalisé.

Premier degré : père et mère.

JEAN DE BALAZUC, SEIGNEUR DE LANAS,
CLAUDE DE HAUTVILLAR, SA FEMME, 1661.

D'azur à trois roses d'argent posées deux et une, et un chef de gueules chargé d'un lion naissant d'or.

 Contrat de mariage de noble Jean de Balazuc de Montréal, seigneur de Lanas, fils de noble Gaspard de Balazuc et de demoiselle Marguerite de la Mure, sa femme, accordé le 13ᵉ de janvier de l'année 1661, avec demoiselle Claude de Hautvillar, fille de messire Olivier de Hautvillar, seigneur de Hautvillar et de la Motte en Vivarais, et de dame Antoinette de Maisonseule, sa femme. Ce contrat reçu par Deidier, notaire à Hautvillar.

Certificat donné le 6ᵉ de mai de l'an 1688 par l'abbesse et les dames chanoinesses de l'Église noble d'Epinal en Lorraine, portant que les lignes de demoiselle Aimée de Balazuc, fille de noble Jean de Balazuc, seigneur de Lanas en Vivarais, et de noble demoiselle Claude de Hautvillar, sa femme, ayant été présentées et examinées dans leur Chapitre suivant l'usage ordinaire de leur Collège, elles avoient trouvé que la noblesse en étant ancienne et militaire, elles y devoient être reçues, de même que dans les autres Collèges nobles. Cet acte signé : Charlotte de Lenoncour, abbesse ; et Charlotte du Chatelet, doyenne.

Hommage des biens nobles que messire Jean de Balazuc, seigneur de Lanas, tenoit de la directe du Roi, fait entre les mains des trésoriers de France à Montpellier, le 15ᵉ de septembre de l'an 1679. Cet acte signé : Dogors.

Jugement de M. de Bezons, Intendant en Languedoc, rendu à Montpellier le 5ᵉ de septembre de l'an 1669, par lequel Jean de Balazuc de Montréal, seigneur de Lanas, fils de noble Gaspard de Balazuc, est maintenu dans la possession de son ancienne noblesse. Cet acte signé : Bazin.

Deuxième degré : ayeul et ayeule.

GASPARD DE BALAZUC, SEIGNEUR DE LANAS,
MARGUERITE DE LA MURE, SA FEMME, 1614.

D'azur à une tour d'argent donjonnée de trois pièces de même.

Contrat de mariage de noble Gaspard de Balazuc, seigneur de Lanas, fils de messire Guillaume de Balazuc, seigneur de Montréal et baron de Chazaûx et de Joannas, gentilhomme ordinaire de la Chambre du Roi, accordé le 19ᵉ d'octobre de l'an 1614 avec demoiselle Marguerite de la Mure, fille de noble Théodore de la Mure capitaine et châtelain de Chomérac et de Rochessauve et de demoiselle Catherine de Chambaud, sa femme. Ce contrat reçu par Garnier, notaire à Chomérac.

Testament de noble Gaspard de Balazuc de Montréal, seigneur de Lanas, fait le 29ᵉ de décembre de l'an 1651, par lequel il ordonne que l'on l'enterre dans l'église des pénitents de la ville de Largentière, avec ses prédécesseurs ; il laisse l'usufruit de ses biens à demoiselle Marguerite de la Mure, sa femme ; il fait ses légataires nobles Balthazar et Claude de Balazuc, ses enfants, et il institue son héritier universel noble Jean de Balazuc, leur frère. Cet acte reçu par Didier, notaire à Lanas.

Troisième degré : bisayeul et bisayeule.

GUILLAUME DE BALAZUC, IIe, SEIGNEUR DE MONTRÉAL,
FRANÇOISE DU ROURE, SA FEMME, [1580].

D'azur à un chesne d'or à quatre branches passées en sautoir, et arraché.

Contrat de mariage de noble Guillaume de Balazuc, écuyer, seigneur de Montréal, fils de noble Jean de Balazuc, accordé le 17e de janvier de l'an 1580 avec demoiselle Françoise du Roure, fille de noble Antoine de Grimoard du Roure, seigneur et baron de Grisac et de Bannes, et de demoiselle Claudine de la Fare, sa femme. Ce contrat reçu par Pagési, notaire à Bannes.

Testament de messire Guillaume de Balazuc, seigneur de Montréal et de Joannas, gentilhomme ordinaire de la Maison du Roi, et Maréchal des Camps et Armées de Sa Majesté, fait le 21e d'octobre de l'an 1625, par lequel il laisse l'usufruit de ses biens à dame Françoise du Roure, sa femme ; il institue son héritier universel noble Jean de Balazuc son fils ainé, seigneur de Chazaux, il lui substitue noble Gaspard de Balazuc, son frère, seigneur de Lanas, et après lui il substitue noble Henri de Merle son petit-fils et fils d'Anne de Balazuc, baronne de Lagorce, à condition de joindre le nom de Montréal à celui de Merle. Cet acte reçu par Vézian, notaire à Largentière.

Transaction faite le 4e décembre de l'an 1604 entre messire Melchior de Vogüé, seigneur de Rochecolombe, de Saint-Maurice et de Vogüé, et messire Guillaume de Balazuc, seigneur de Montréal et de Chazaux sur les différends qu'ils avoient à cause des droits communs qui leur appartenoient dans la seigneurie de Lanas. Cet acte reçu par Du Rouré, notaire à Lanas.

Provisions de gouvernement de la ville de Villeneuve-de-Berg en Vivarais, vacant par la démission du sieur de Montréal, Maréchal des Camps et Armées du Roi, donnees le 19e de janvier de l'an 1628 à Jean de Balazuc, son fils, seigneur de Joannas. Ces lettres signées Louis, contresignées Félipeaux et scellées.

Brevet de Maréchal de Camp donné par le Roi le 15ᵉ de juin de l'an 1622 au sieur de Montréal en considération des fidèles services qu'il avoit rendus à Sa Majesté dans plusieurs occasions importantes. Ce brevet signé Louis et contresigné Félipeaux.

Commission de Mestre de Camp d'un régiment d'infanterie donnée par le Roi au sieur de Montréal le 10ᵉ de juillet de l'an 1622. Ces lettres signées Louis et contresignées Félipeaux.

Quatrième degré : trisayeul et trisayeule.

JEAN DE BALAZUC, 1ᵉʳ, SEIGNEUR DE MONTRÉAL,
ANNE DE BORNE, SA FEMME, 1546.

D'or à un ours rampant de sable.

Contrat de mariage de noble Jean de Balazuc, fils de noble Guillaume de Balazuc seigneur de Montréal au diocèse de Viviers, et de noble Anne de Rozilles, sa veuve, accordé le 1ᵉʳ de février de l'an 1546 avec demoiselle Anne de Borne, fille de noble Barthélemy de Borne, seigneur de Laugère et de Ribes et de noble Michelle de Lestrange, sa veuve. Ce contrat reçu par Rochier, notaire à Largentière.

Testament de noble Jean de Balazuc, seigneur de Montréal, fait le 1ᵉʳ d'aout de l'an 1579, par lequel il ordonne que l'on l'enterre dans l'église de Notre Dame de Largentière, avec ses prédécesseurs ; et il institue son héritier noble Guillaume de Balazuc son fils unique. Cet acte reçu par Julien, notaire à Joyeuse.

Lettre du Roi écrite le onzième de mars de l'an 1587 à Monsieur de Montréal, commandant pour Sa Majesté dans le Bas-Vivarais, par laquelle Elle lui témoigne le plaisir qu'Elle avoit reçu par la nouvelle qu'il lui avoit donnée de la reprise de la ville d'Aubenas, et d'avoir appris que l'affection qu'avoit pour son service le sieur de Sanilhac son fils, et le désir qu'il avoit de suivre les traces de son père étoient cause que ce bonheur étoit arrivé par son entremise. Cette lettre signée Henri et contresignée de Neuville.

Autre lettre écrite le 15° de mai de l'an 1577 à Monsieur de Montréal par laquelle Sa Majesté lui témoigne le gré qu'elle lui savoit de ce qu'il s'étoit employé avec les catholiques à réprimer l'émeute faite par ceux de la nouvelle opinion contre l'autorité de Sa Majesté. Cette lettre signée Henri et contresignée Fizes.

Cinquième degré : IVᵉ ayeul et ayeule.

GUILLAUME DE BALAZUC, SEIGNEUR DE MONTRÉAL, ANNE DE ROZILLES, SA FEMME, 1520.

Testament de noble Antoine de Balazuc, seigneur de Montréal et coseigneur de Lanas, de Jaujac et de Sanilhac, fait le 31ᵉ de janvier de l'an 1510, par lequel il ordonne que l'on l'enterre avec ses prédécesseurs dans l'église des Frères mineurs de Largentière ; il fait ses légataires nobles Guillaume et Mathieu de Balazuc, ses enfants, et il institue son héritier noble Jean de Balazuc, son frère, prieur de Saint-André, à condition de rendre ses biens à celui de ses neveux qu'il voudroit choisir, et il leur substitue noble Marie de Balazuc, leur tante, femme de noble Hilaire de Castrevieille, seigneur de Vilars. Cet acte reçu par Blanc, notaire à Montréal.

Sixième degré : Vᵉ ayeul et ayeule.

ANTOINE DE BALAZUC, SEIGNEUR DE MONTRÉAL, MARIE DE ROUSSI, SA FEMME, 1490.

Aveux et reconnoissances des biens tenus par plusieurs particuliers dans la seigneurie de Lanas, donnés le 26ᵉ de novembre de l'an 1495 à noble et puissant Antoine de Balazuc, seigneur de Montréal et coseigneur de Lanas. Cet acte reçu par Coste, notaire à Rochecolombe.

Septième degré : VIᵉ ayeul et ayeule.

PHILIPPE DE BALAZUC, SEIGNEUR DE MONTRÉAL, MARGUERITE DE CAYRES, SA FEMME, 1470.

Testament de noble et puissant Philippe de Balazuc, coseigneur de Montréal, de Montbrison, de Lanas, de Jaujac, de Cros et d'Uzer, fait le 6ᵉ de mai de l'an 1470, par lequel il veut que l'on l'enterre dans l'église des Frères mineurs de Largentière. Il laisse l'administration de ses biens à noble Marguerite de Cayres, sa femme ; il institue son héritier noble Antoine de Balazuc, son fils ainé ; il lui substitue ses sœurs et il nomme pour les exécuteurs de ce testament nobles et puissants Guillaume de Cayres, seigneur d'Antraïgues, et Vinot de Jonchères, chevalier.

Aveu et dénombrement des fiefs que noble Catherine de Lanas, femme de noble Pons de Banac, tenoit dans la mouvance de la seigneurie de Lanas, comme fille et héritière de noble François de Lanas, donnés le 23ᵉ de juin de l'an 1358 à noble et puissant homme messire Pierre de Balazuc, chevalier, seigneur de Balazuc et coseigneur de Lanas.

Vente de tout ce que Guillaume, seigneur de Balazuc, avoit acquis de messire Raymond de Vogüé dans le château de Lanas et dans son mandement au-delà de la rivière d'Ardèche, faite le jour des calendes de septembre de l'an 1265 à Bertrand de Chazaus, chevalier, et à Pons de Vogüé, damoiseau.

Aveu et dénombrement des fiefs qu'Aldebert de Vogüé, seigneur de Rochecolombe, et Raimond de Vogüé, son fils, tenoient dans la mouvance de la seigneurie de Lanas, donné le 9ᵉ des calendes d'août (le 24ᵉ juillet) de l'an 1252 à noble dame Vierne, dame de Balazuc, et à Guillaume de Balazuc, son fils.

Nous, Charles d'Hozier, Conseiller du Roi, Généalogiste de sa Maison, Juge général des Armes et Blasons de France, et Chevalier de la Religion et des Ordres militaires de Saint-Maurice et de Saint-Lazare de Savoie, Certifions au Roi que Demoiselle Gabrielle de Balazuc de Montréal a la noblesse nécessaire pour être reçue dans la Communauté des Filles Demoiselles que Sa Majesté fait élever dans le Monastère royal de Saint-Louis fondé à Saint-Cyr dans le parc de Versailles, comme il est justifié par les actes qui sont énoncés dans cette preuve, laquelle nous avons vérifiée et dressée à Paris, le 24ᵉ d'octobre de l'an mil six cent quatre vingt quatorze. D'Hozier.

III

Vivarais. — Juillet 1725. — Preuves de la noblesse de demoiselle Charlotte-Sophie du Solier, agréée pour être admise au nombre des Filles Demoiselles de la Maison de Saint-Louis fondée par le Roi à Saint-Cyr dans le parc de Versailles (1).

CHARLOTTE-SOPHIE DU SOLIER
1714.

D'azur à une bande d'argent chargée de trois roses de gueules et accompagnée de deux étoiles d'or, l'une posée en chef et l'autre en pointe, et un chef d'argent.

Extrait du registre des baptêmes de la paroisse de la Roche en Ardenne au duché de Luxembourg portant que Charlotte-Sophie, fille de messire Antoine du Solier, chevalier de l'Ordre militaire de Saint-Louis, et de dame Albertine de Tello, sa femme, fut baptisée le 28e jour du mois d'octobre de l'an 1714. Cet extrait délivré le 13e jour du mois de février de l'an 1723, signé : Du Pont, curé de l'église de la Roche, et légalisé.

(1) Bibliothèque nationale, ms. fr. 32127.

Premier degré : père et mère.

ANTOINE DU SOLIER, ÉCUYER,
ALBERTINE DE TELLO, SA FEMME, 1705.

D'argent à un tilleul de sinople

Extrait du registre des mariages célébrés dans l'église de la Roche au duché de Luxembourg, portant que noble Antoine du Solier sieur d'Andance, capitaine dans le régiment de Périgord, fut marié avec demoiselle Albertine de Tello, le 9e jour du mois de mai de l'an 1705. Cet extrait signé : Du Pont, curé de l'église de la Roche.

Accord fait le 27e jour du mois d'août de l'an 1713 sur les différends qui étoient entre dame Marie-Anne Ilaire, veuve de noble René du Solier et noble Antoine du Solier son beau-frère, capitaine dans le régiment de Périgord, fils de noble Etienne du Solier et de demoiselle Marie du Serre, sa femme, à cause des prétentions qu'il avoit dans la succession de feu David du Solier, son frère, cet acte reçu par Privat, notaire de la Cour de Villeneuve-de-Berc, ressort de Nîmes.

Deuxième degré : ayeul [et ayeule].

NOBLE ETIENNE DU SOLIER,
MARIE DU SERRE, SA FEMME, 1649.

Contract de mariage de noble Etienne du Solier, fils de feu noble David du Solier et de demoiselle Sarra du Laurens, sa femme, accordé avec demoiselle Marie du Serre le 29e jour du mois de septembre de l'an 1649. Ce contract passé devant Tavernol, notaire à Privas.

Ordonnance rendue à Montpellier le 12e jour du mois de décembre de l'an 1668 par M. Bazin de Bezons, maître des Requestes et Intendant dans la dite Généralité, par laquelle noble Etienne du Solier est maintenu dans sa noblesse en conséquence des titres qu'il avoit représentés pour en justifier la possession depuis l'an 1532. Cette ordonnance signée Bazin.

Troisième degré : bisayeul [et bisayeule.]

NOBLE DAVID DU SOLIER,
SARRA DU LAURENS, SA FEMME, 1617.

Contract de mariage de noble David du Solier, accordé avec demoiselle Sarra du Laurens, le 14e jour du mois de juin de l'an 1617. Ce contrat passé devant Faure, notaire à Privas.

Testament de noble Antoine du Solier fait le 28e jour du mois d'octobre de l'an 1587, par lequel il fait ses légataires Jean et David du Solier, ses enfants et de demoiselle Anne Alard, sa femme, et il institue son héritier Pierre du Solier, leur frère. Cet acte reçu par Garnier, notaire à Privas.

Quatrième degré : trisayeul [et trisayeule.]

NOBLE ANTOINE DU SOLIER, ÉCUYER,
ANNE ALARD, SA FEMME, 1562.

Contract de mariage d'Antoine du Solier, écuyer, accordé avec demoiselle Anne Alard, le 19e jour du mois de juillet de l'an 1562. Ce contract passé devant De Conches, notaire à Privas.

Obligation passée au profit de noble Antoine du Solier, écuyer, le 23e jour du mois de janvier de l'an 1580. Cet acte reçu par De Conches, notaire à Privas.

Cinquième degré : ive ayeul [et ayeule.]

NOBLE ANTOINE DU SOLIER,
NOBLE ANNE FAURE, SA FEMME.

Testament de noble Antoine du Solier, fait le 9e jour du mois d'août de l'an 1542, par lequel il institue son héritière universelle noble Anne Faure, sa femme, à condition de remettre son hérédité à noble Antoine du Solier, leur fils. Cet acte reçu par Sibleiras, notaire à Privas.

Nous, CHARLES D'HOZIER, Ecuyer, Conseiller du Roi, Généalogiste de sa Maison, Juge d'Armes et Garde de l'Armorial général de France, et Chevalier de la Religion et des Ordres nobles et militaires de Saint-Maurice et de Saint-Lazare de Savoie, CERTIFIONS au Roi que Demoiselle CHARLOTTE-SOPHIE DU SOLIER a la

noblesse nécessaire pour être admise au nombre des Filles Demoiselles que Sa Majesté fait élever dans la Maison royale de Saint-
Louis fondée à Saint-Cyr dans le parc de Versailles, comme il
est justifié par les actes qui sont énoncés dans cette preuve
laquelle nous avons vérifiée et dressée à Paris, le jeudi cinquième jour du mois de juillet de la présente année mil sept cent
vingt cinq. D'HOZIER. (1)

IV.

Vivarais. — Août 1728. — Preuves de la noblesse de demoiselle Antoinette de Roirand de Saint-Alban, agréée pour estre
admise au nombre des Filles Demoiselles que Sa Majesté fait
élever dans la Maison royale de Saint-Louis, fondée à Saint-Cyr
dans le parc de Versailles *(2)*.

ANTOINETTE DE ROIRAUD DE SAINT-ALBAN
1717.

*D'azur à une croix d'argent alaisée, chargée de cinq coquilles
de gueules.*

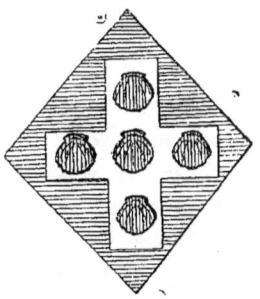

Extrait du registre des baptêmes de la paroisse de Saint Alban
au diocèse de Vienne, portant qu'Antoinette, fille de noble
Gabriel de Roiraud, écuyer, seigneur de Saint-Alban et de demoiselle Marie-Ursule Palerne, sa femme, naquit le cinq et fut baptisée le sixiesme jour du mois d'octobre de l'an mil sept cent

(1) Signature autographe.
(2) Bibliothèque nationale ms. fr. 32128, f°s 11 et 12.

dix sept. Cet extrait délivré le trentiesme du mois de janvier de l'an mil sept cent vingt huit, signé : Le Menson, curé de l'église de Saint-Alban, et légalisé.

Premier degré : père et mère.

GABRIEL DE ROIRAUD, SEIGNEUR DE SAINT-ALBAN,

MARIE PALERNE, SA FEMME, 1702.

D'azur à un paon d'or posé de front et se mirant dans sa queue,
et trois étoiles d'argent rangées en chef.

 Contract de mariage de Gabriel de Roiraud fils de Jacques de Roiraud, écuyer, seigneur de Saint-Alban, et de demoiselle Geneviève Philibert, sa femme, accordé avec demoiselle Marie Palerne, le dix-huitiesme jour du mois d'avril de l'an mil sept cent deux. Ce contract passé devant Gillier, notaire à Saint-Chamond, diocèse de Lion.

Sentence rendue en l'élection de Saint-Etienne en Forets, le trentiesme jour de septembre de l'an mil sept cent deux, par laquelle il est fait défense aux consuls et habitans de la ville de Saint-Chamond d'imposer dans les rôles des tailles Gabriel de Roiraud, écuyer, seigneur de Saint-Alban, à cause des biens que possédoit au dit lieu de Saint-Chamond demoiselle Marie Palerne, sa femme. Cette sentence signée : de Louain.

Certificat donné à Versailles le premier jour du mois d'octobre de l'an mil sept cent vingt trois par M. de Breteuil, Secrétaire d'Etat ayant le Département de la Guerre, portant que le sieur de Saint-Alban avoit été pourvu le vingt-troisiesme du mois d'aoust de l'an mil sept cent douze de la sous-lieutenance de la compagnie de Chalines dans le régiment de Ponthieu-Infanterie. Ce certificat signé : de Breteuil.

Deuxième degré : ayeul [et ayeule.]

JACQUES DE ROIRAUD, SEIGNEUR DE SAINT-ALBAN,
GENEVIÈVE PHILIBERT, SA FEMME, 1674.

D'azur à un chevron d'or et un chef d'argent.

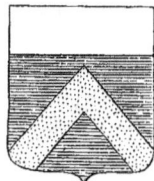 Contract de mariage de Jacques de Roi-
raud, seigneur de Saint-Alban, fils de noble
Antoine de Roiraud, vivant seigneur de
Fayet, et de demoiselle Marguerite Faure,
sa veuve, accordé avec demoiselle Geneviève
Philibert le quatriesme jour du mois de
novembre de l'an mil six cent soixante-quatorze. Ce contract passé
devant Rousset, notaire à Saint Chamond.

Ordonnance rendue à Montpellier le cinquième jour de juin de
l'an mil six cent quatre vingt dix-huit, par M. de Lamoignon
Conseiller d'Etat et Intendant en Languedoc, par laquelle il
décharge noble Jacques de Roiraud, seigneur de Saint-Alban, fils
de noble Antoine de Roiraud, vivant seigneur de Fayet, de l'assignation qui lui avoit été donnée pour représenter devant lui les
titres justificatifs de sa noblesse. Cette ordonnance signée : de
Lamoignon.

Testament d'Antoine de Roiraud, écuyer, seigneur de Saint-
Alban, fait le neuviesme jour du mois de juillet de l'an mil six
cent soixante neuf, par lequel il institue son héritière demoiselle
Marguerite Faure, sa femme, et il fait ses légataires nobles Jacques,
Claude-Nicolas, Marie-Suzanne, et Marie-Madeleine de Roiraud,
leurs enfans. Cet acte reçu par Pilhon, notaire au lieu de St-Alban.

Troisième degré : bisayeul [et bisayeule.]

ANTOINE DE ROIRAUD, SEIGNEUR DU FAYET,
MARGUERITE FAURE, SA FEMME, DAME DE SAINT-ALBAN, 1647.

D'azur à un sautoir d'or.

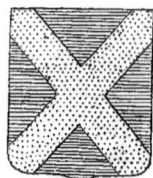 Contract de mariage d'Antoine de Roi-
raud, écuyer, fils de Jean de Roiraud, vivant
écuyer, sieur du Fayet, et de demoiselle
Madeleine Mijon, sa femme, accordé le huitiesme jour du mois de juillet de l'an mil six
cent quarante sept avec demoiselle Margue-
rite Faure, fille de noble Jean Faure, seigneur de Saint-Alban et

de demoiselle Françoise de Neuville. Ce contract passé devant Porte, notaire au lieu de Saint-Alban.

Ordonnances rendues par M. du Gué, Intendant à Lion, le douziesme de juin de l'an mil six cent soixante sept, et par M. Bazin de Bezons, Intendant en Languedoc, le huitiesme jour de janvier de l'an mil six cent soixante neuf par lesquelles Antoine de Roiraud, seigneur du Fayet, est maintenu dans la possession de sa noblesse en conséquence des titres qu'il avoit produits devant eux pour la justifier depuis l'an mil cinq cent quarante six. Ces ordonnances signées : du Gué, — et : Bazin.

Certificat donné à Lion le treizième jour du mois de mai de l'an mil six cent trente neuf par le marquis de Villeroi, capitaine de cinquante hommes d'armes des ordonnances du Roi, et gouverneur de la ville de Lion, portant qu'Antoine de Roiraud, sieur du Fayet, étoit alors gendarme dans sa compagnie. Cet acte signé : Hâlincourt.

Quatrième degré : trisayeul [et trisayeule.]

JEAN DE ROIRAUD, SEIGNEUR DU FAYET,
MADELEINE MIJON, SA FEMME, 1617.

De gueules à une tour d'argent sommée d'un donjon de mesme.

Contract de mariage de noble Jean de Roiraud, fils de noble Claude de Roiraud, seigneur du Villard, et de demoiselle Claude de Roiraud, sa femme, accordé le seiziesme jour du mois d'octobre de l'an mil six cent dix sept, avec demoiselle Madeleine Mijon, fille de noble homme Pierre Mijon, sieur de la Durerière. Ce contract passé devant Chomel, notaire au bailliage de Forets.

Testament commun de puissant seigneur Claude de Roiraud, seigneur du Villard et de Rocheroles, etc., et de demoiselle Claude de Roiraud, sa femme, dame de Chambon, fait le premier jour du mois de novembre de l'an mil six cent vingt, par lequel ils font un legs de 6,000 livres à Antoine du Villard leur petit-fils et fils de noble Jean du Villard, l'un de leurs enfants. Cet acte reçu par Baillard, notaire au bourg de Sainte-Ségolène, au diocèse du Pui.

Cinquième degré : ive ayeul [et ayeule.]

CLAUDE DE ROIRAUD, SEIGNEUR DU VILLARD,
CLAUDE DE ROIRAUD, SA FEMME, DAME DU CHAMBON, 1573.

D'azur à une croix d'argent alaisée chargée de cinq coquilles de gueules.

Contract de mariage de noble Claude de Roiraud, fils de noble Gaspard de Roiraud, seigneur du Villard et de Vachères dans la paroisse de Sainte-Ségolène au diocèse du Pui, accordé le premier jour du mois de février de l'an 1573, avec demoiselle Claude de Roiraud, fille de noble Marcellin de Roiraud, seigneur du Chambon, et de demoiselle Antoinette Pichon. Ce contract passé devant Cellerier, notaire audit lieu du Chambon, diocèse du Pui.

Testament de haut et puissant seigneur noble Gaspard de Roiraud, seigneur du Villard, fait le 17e jour de février de l'an mil cinq cent quatre-vingt-quatre, par lequel il institue son héritier noble Claude de Roiraud, son fils, seigneur de Vachères. Cet acte reçu par Baillard, notaire.

Nous, LOUIS-PIERRE D'HOZIER, Chevalier de l'Ordre du Roi, son Conseiller Maître ordinaire en sa Chambre des Comptes, l'un des dix Conseillers de Cours supérieures en l'Hôtel-de-Ville, Généalogiste de la Maison et des Ecuries de Sa Majesté et de celles de la Reine, et Juge d'Armes de France en survivance, CERTIFIONS au Roi que demoiselle ANTOINETTE DE ROIRAUD DE SAINT-ALBAN a la noblesse nécessaire pour estre admise au nombre des Filles Demoiselles que Sa Majesté fait élever dans la Maison royale de Saint-Louis, fondée à Saint-Cyr dans le parc de Versailles, comme il est justifié par les actes qui sont énoncés dans cette preuve, laquelle nous avons vérifiée et dressée à Paris, le jeudi vingt-sixiesme jour du mois d'aoust de la présente année mil sept cent vingt-huit. D'HOZIER (1).

(1) Signature autographe.

V

Languedoc : Vivarais, mardi 6 septembre 1740. — Preuves de la noblesse de demoiselle Marie-Angélique de Julien de Vinezac, agréée par le Roi pour estre admise au nombre des Filles Demoiselles que Sa Majesté fait élever dans la Maison Royale de Saint Louis, fondée à Saint-Cyr dans le parc de Versailles (1).

Premier degré : produisante.

DEMOISELLE

MARIE-ANGÉLIQUE DE JULIEN DE VINEZAC

1732.

D'or à une bande de gueules.

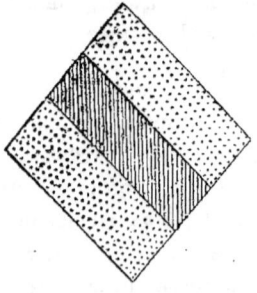

Extrait du registre des baptêmes de la paroisse de Vinezac, au diocèze de Viviers, portant que Marie-Angélique de Vinezac, fille de noble Louis de Julien de Vinezac et de dame Claudine Plantier, sa femme, naquit le vingt-un mars mil sept cent trente deux,

(1) Bibliothèque nationale. Ms. fr. 32,130 fos 74 et 75.

et fut baptisée le jour suivant. Cet extrait signé Sauzet, curé de ladite église, et légalisé.

Deuxième degré : père et mère.

Louis de Julien, seigneur de Vinezac, Claudine Plantier, sa femme, 1726.

D'azur au chevron d'or accompagné de trois étoiles d'argent, deux en chef et l'autre en pointe.

Contract de mariage de messire Louis de Julien, capitaine d'infanterie dans le Régiment-Dauphin, fils de messire Joseph de Julien, chevalier, seigneur de Vinezac, de Chauzon et de la Baume, ancien lieutenant-colonel d'infanterie, et de dame Anne de Beaumont de Brison (1), sa femme, accordé le 15 février mil sept cent vingt six avec demoiselle Claudine Plantier, fille de monsieur Claude Plantier, bailli du comté de Brion (2) et de dame Marie-Françoise Belin, ce contract passé devant Grange, notaire au Cheylard.

Reconnoissance d'héritages situés au lieu de Vinezac fournie le vingt-huit décembre mil sept cent trente trois par Jean la Pierre à messire Louis de Julien, seigneur de Vinezac, de la Beaume et de Chauzon. Cet acte reçu par Daizac, notaire royal et avocat à Villeneuve de Berc.

Extrait du registre des baptêmes de la paroisse de Vinezac, au diocèze de Viviers, portant que noble Louis de Julien de Vinezac, fils de messire Joseph de Julien, seigneur de Vinezac et de dame Anne de Beaumont de Brison, sa femme, naquit le deux octobre mil six cent quatre-vingt quatorze, et fut baptisé le jour suivant. Cet extrait signé Sauzet, curé de ladite église, et légalisé.

(1) Le manuscrit porte Brisson.
(2) Le manuscrit porte *Brison*.

Troisième degré : ayeul [et ayeule].

JOSEPH DE JULIEN, SEIGNEUR DE VINEZAC,
ANNE DE BEAUMONT, SA FEMME, 1686.

*D'azur à un chesne d'or arraché, n'ayant que quatre branches
passées en sautoir, parti de gueules à un lion d'or et un chef
échiqueté d'argent et de sable de trois traits.*

Contract de mariage de messire Joseph de
Julien, seigneur de Rochevive, de Vinezac
et de la Baume, fils de messire Louis de
Julien et de dame Marie de Charbonnel de
Chauzon, sa veuve, accordé le neuf juillet
mil six cent quatre vingt six avec demoiselle
Anne de Beaumont, fille de messire Rostaing de Beaumont,
qualifié seigneur marquis de Brison, de Beaumont, etc., et d'il-
lustre dame Françoise d'Urre du Pui-Saint-Martin. Ce contract
passé devant Toussaint Boyer et Jean-André Vézian, qui en
retint la minute, notaires royaux des paroisses de Sanilhac (*sic*).

Commission de lieutenant-colonel du régiment de Tavanne-
infanterie, donnée par le Roi le vingt-un décembre mil sept cent
quatre à son cher et bien amé le sieur de Vinezac en considération de ses services. Ces lettres signées : Louis, et, plus bas :
par le Roi, Chamillart.

Testament de messire Louis des Juliens, coseigneur de Chauzon, seigneur de la Baume, de Rochevive et de Vinezac, fils de
messire Guillaume des Juliens de la Baume, fait le cinq juillet
mil six cent soixante quatorze, par lequel il veut être enterré
dans sa chapelle à l'église paroissiale de Vinezac. Il lègue à noble Louis des Juliens, son fils aîné et à noble Joseph des Juliens
son second fils, la somme de 12.000 livres à chacun, et il institue
son héritière dame Marie de Chauzon sa femme, à la charge de
nommer celui de ses enfants qu'il lui plairoit pour recueillir sa
succession. Cet acte reçu par Bellidentis, notaire royal au lieu
de Chassiers.

Quatrième degré : bisayeul [et bisayeule.]

LOUIS DE JULIEN, SEIGNEUR DE LA BAUME,
MARIE DE CHARBONNEL DE CHAUZON, SA FEMME, 1644.

D'or à une tour de gueules.

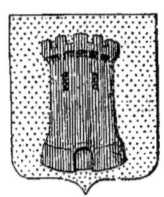

Contract de mariage de noble Louis des Juliens de la Baume, seigneur de Rochevive, fils de noble Guillaume des Juliens, seigneur de la Baume, et de demoiselle Marie de Poulin de Rochevive, sa femme, accordé le vingt neuf mai mil six cent quarante quatre avec demoiselle Marie de Charbonnel de Chauzon. fille de noble Louis de Charbonnel de Chauzon, seigneur de Vinezac, et de dame Claude [de Chalendar] de la Motte. Ce contract passé devant Raoulx et Alamès [Allamel ?] notaires royaux à Vinezac.

Ordonnance rendue à Montpellier le vingtième de septembre de l'an mil six cent soixante-neuf par M. Bazin de Bézons, Intendant et Commissaire départi dans la province de Languedoc, par laquelle il déclare noble et issu de noble race et lignée Louis de Julien, seigneur de Rochevive, de la Baume et de Vinezac, [et] coseigneur de Chauzon, en conséquence des titres qu'il avoit représentés depuis l'an 1566. Cette ordonnance signée Bazin.

Testament de noble Guillaume des Juliens, seigneur de la Beaume et de Rochevive, fait le 7 février 1557, par lequel il institue son héritier noble Louis des Juliens de la Baume, son fils, seigneur de Vinezac. Cet acte reçu par Bellidentis, notaire royal au lieu de Chassiers.

Cinquième et sixième degrés : IIIe et IVe ayeux [et ayeules.]

GUILLAUME DE JULIEN, SEIGNEUR DE LA BAUME,
FILS DE NOBLE FRANÇOIS JULIEN,
[ET DE DEMOISELLE HÉLIX DE COLANS.]
MARIE DE POULIN, SA FEMME, 1598, 1575.

D'or à une fasce de gueules, chargée d'une étoile d'argent, et accompagnée en chef d'un alérion d'azur, et en pointe d'une fleur de lys de même.

Contract de mariage de noble Guillaume des Juliens, sieur de la Baume, accordé le 27 juin 1598, avec demoiselle Marie de Poulin, veuve de noble Briand de Lermuzières, seigneur de Rochevive. Ce contract passé devant Marcland, notaire au lieu de Rochevive.

Transaction faite le 5 février 1601 entre noble Guillaume des Juliens, seigneur de Rochevive, et noble Antoine des Juliens, son frère, seigneur de la Balme, enfans de noble François Julien, sur les différends qu'ils avoient pour l'exécution du testament de demoiselle Hélix de Colans, leur mère, en date du 14 avril 1575. Cet acte reçu par Avyas, notaire à Mirabel.

Nous, Louis-Pierre d'Hozier, Juge général d'Armes de France, Chevalier de l'Ordre du Roi, son Conseiller en ses Conseils, Maître ordinaire en sa Chambre des Comptes à Paris, Généalogiste de la Maison, des Ecuries et de la Chambre de Sa Majesté et de celles de la Reine, Certifions au Roi que demoiselle Marie-Angélique de Julien de Vinezac a la noblesse nécessaire pour être admise au nombre des Filles Demoiselles que Sa Majesté fait élever dans la Maison royale de Saint-Louis fondée à Saint-Cyr dans le parc de Versailles, comme il est justifié par les actes qui sont énoncés dans cette preuve, laquelle nous avons vérifiée et dressée à Paris, le mardi sixième jour du mois de septembre de l'an mil sept cent quarante. D'Hozier (1)

VI.

Vivarais, octobre 1761. — Preuves de la noblesse de demoiselle Anne-Louise-Madeleine de Badel, agréée par le Roi pour estre admise au nombre des Filles Demoiselles de la Maison royale de Saint-Louis, fondée à Saint-Cyr dans le parc de Versailles. (2)

(1) Signature autographe.
(2) Bibliothèque nationale. Ms. fr. 32.135 f° 144 et 145.

Premier degré : produisante.

ANNE-LOUISE-MADELEINE DE BADEL
1751.

De gueules à un lion d'or passant, et un chef d'argent chargé de trois chevrons d'azur posés l'un à côté de l'autre.

Extrait d'un registre des baptêmes de la paroisse de Saint-Thomas de la ville de Privas, diocèze de Viviers, portant que demoiselle Anne-Louise-Madeleine, fille de noble Antoine de Badel et de dame Catherine Vidal, sa femme, née le 19 avril 1751 fut baptisée le même jour. Cet extrait signé Saladin, curé et légalisé.

Deuxième degré : père et mère.

NOBLE ANTOINE DE BADEL,
CATHERINE DE VIDAL, SA FEMME, 1737.

Contract de mariage de noble Antoine [de] la Tour de Badel, ancien officier de cavalerie, accordé le 29 octobre 1737 avec demoiselle Catherine de Vidal, fille de Jean de Vidal, ancien officier d'infanterie et de demoiselle Martier. Ce contrat passé devant Coulonjon, notaire royal.

Contrat du premier mariage de noble Antoine de la Tour de Badel, lieutenant de cavalerie, fils de feus noble Etienne de Badel et dame Antoinette de Robert, sa femme, accordé le 13 1731 avec demoiselle Jeanne-Marguerite Chataing. Ce contrat passé devant Chomel, notaire royal à Annonay.

Extrait d'un registre des baptêmes de la paroisse Saint Thomas de Privas portant qu'Antoine, âgé de trois jours, fils de noble Etienne de Badel et d'Antoinette Robert, sa femme, fut baptisé le 20 décembre 1694. Cet extrait signé Saladin, curé de ladite paroisse, et légalisé.

Troisième degré : ayeul [et ayeule].

NOBLE ETIENNE DE BADEL DE LA SAIGNE,
ANTOINETTE ROBERT, SA FEMME, 1682.

Contrat de mariage de noble Etienne de Badel de la Saigne, fils de noble Etienne de Badel et de demoiselle Marie de Glo, accordé le 22 septembre 1682, avec demoiselle Antoinette Robert, fille de maitre Alexandre Robert, notaire royal, et de demoiselle Marguerite de Conches. Ce contrat passé devant Laurent, notaire à Privas.

Ordonnance rendue le 27 novembre 1697 par M. de Lamoignon, Intendant en Languedoc, par laquelle il renvoie noble Etienne de Badel de l'assignation qui lui avoit été donnée pour représenter les titres justificatifs de sa noblesse, après avoir vu un jugement de M. de Bezons du 2 novembre 1668 qui avoit déclaré noble et issu de noble race et lignée autre noble Etienne de Badel père dudit Etienne de Badel. Cette ordonnance signée de Lamoignon.

Quatrième, cinquième et sixième degrés :
[Bisayeul et bisayeule,] III° et IV° ayeux.

NOBLE ETIENNE DE BADEL, SEIGNEUR DE LA SAGNE,
FILS DE NOBLE JEAN DE BADEL,
ET PETIT-FILS D'AUTRE NOBLE JEAN DE BADEL,
MARIE DE GLO, SA FEMME, 1639, 1606

Contrat de mariage de noble Etienne de Badel, sieur de la Sagne, accordé le 6 décembre 1639 avec demoiselle Marie de Glo fille de sieur Jacques de Glo et de Marie Gautier. Ce contrat passé devant Mirabel, notaire royal.

Codicille fait le 11 août 1636 par noble Jean de Badel, sieur du Nohier, fils d'autre Jean de Badel et de demoiselle Catherine du Nohier, par lequel il augmente de trois cens livres le legs qu'il avoit fait à chacun de noble Etienne et Antoine de Badel, ses fils, par son testament du 8 juin 1634 ce codicille reçu par Mirabel, notaire.

Testament de noble Jean de Badel, sieur du Noyer, fait le 8 juin 1634, par lequel il lègue à noble Jean, Etienne et Antoine de Badel ses fils et de demoiselle Claude du Buisson, sa femme, à chacun la somme de 600 livres et il institue son héritier universel noble Simon de Badel son fils ainé. Cet acte reçu par Greynhac, notaire.

Ordonnance rendue le 22 novembre 1668 par M. de Bezons, commissaire départi dans la Généralité de Montpellier, par laquelle noble Etienne de Badel, sieur de la Saigne, est déclaré noble et issu de noble race et lignée, et il est ordonné qu'il jouirait du privilège de noblesse. Cette ordonnance signée Bazin.

Transaction faite le 8 juillet mil six cent six entre noble Jean de Badel, père et fils, d'une part, et Paul de Chambaud. Cet acte reçu par de Vernes, notaire, et visé dans l'ordonnance de M. de Bezons, cy-dessus rapportée.

Nous, LOUIS-PIERRE D'HOZIER, Chevalier, Juges d'Armes de la Noblesse de France, Conseiller du Roy en ses Conseils, et Commissaire de Sa Majesté pour certifier la noblesse des Demoiselles élevées dans la Maison royale de Saint Louis à Saint-Cyr, CERTIFIONS au Roy que Demoiselle ANNE-LOUISE-MADELEINE DE BADEL a la noblesse nécessaire pour être admise au nombre des Filles Demoiselles que Sa Majesté fait élever dans la maison royale de Saint Louis fondée à Saint-Cyr dans le parc de Versailles, comme il est justifié par les actes énoncés dans cette preuve, que nous avons vérifiée et dressée à Paris le vendredi vingt-troisième jour du d'octobre de l'an mil sept cent soixante et un. D'HOZIER. (1)

Mademoiselle de Badel est la dernière en date des jeunes filles du Vivarais admises à Saint-Cyr, dont les preuves se

(1) Signature autographe.

trouvent dans le recueil conservé à la Bibliothèque nationale. Ce recueil s'arrête, comme nous l'avons dit, à l'année 1766. Une autre jeune fille née hors du Vivarais, mais de souche vivaraise, Mademoiselle de la Fare, (1) y figure également ; nous donnons ses preuves ci-dessous.

Postérieurement à 1766 nous avons relevé aux archives départementales de Seine-et-Oise les noms de plusieurs élèves de Saint-Cyr, originaires du Vivarais : mesdemoiselles d'Allard, d'Agrain des Hubas, Helvienne et Charlotte de Fages-Vaumale. Marie-Rose-Chantal d'Allard, d'après une note qu'a bien voulu nous communiquer M. le vicomte de Montravel, était née au Bourg-Saint-Andéol le 21 mars 1772 et fut reçue à Saint-Cyr le 19 décembre 1779. Elle était fille de Louis-Victor, comte d'Allard et de Marie-Louise-Rosalie de Serres. Elle épousa le 18 fructidor an V (septembre 1797) Louis de Pontbriand. Nous n'avons pu découvrir à la Bibliothèque nationale les preuves qui furent présentées en 1779 pour son admission à Saint-Cyr (2). Nous avons été plus heureux pour Mesdemoiselles d'Agrain (née en Provence d'une famille bien vivaraise) et Helvienne de Fages-Vaumale. Enfin nous terminons cette série par la généalogie de Mademoiselle de Comte de Saint-Montan qui, après avoir fait ses preuves vers 1688, ne put obtenir de place à Saint-Cyr.

VII

Languedoc. — Jendi 2 décembre 1762. — Preuves de la noblesse de demoiselle Adélaïde-Paule-Françoise de la Fare, agréée par le Roy pour être admise au nombre des Filles Demoiselles que Sa

---

(1) Citons encore dans le même recueil (Bibl. nat. ms. fr. 32134, f° 101) Les preuves de Marie-Charlotte-Josèphe de Moreton de Chabrillan, née à Bruxelles le 1er juin 1747, reçue à Saint-Cyr le 12 mars 1757. Elle est désignée comme originaire des Flandres et du Dauphiné, mais sa famille n'était pas étrangère au Vivarais. Son aïeul Laurent de Moreton était seigneur de Saint-Jean-le-Centenier, Boisson, etc. Elle même se retira à Privas où elle se serait mariée en 1820 avec M. d'Arnaud (Communication du vicomte de Montravel.) Elle aurait eu soixante-treize ans à cette époque.

(2) Une de ses parentes, dauphinoise, Marie-Madeleine d'Allard, fut admise à Saint-Cyr en mars 1739 et ses preuves ont été conservées. (Bibl. nat. ms. fr. 32120).

Majesté fait élever dans la Maison royale de Saint-Louis, fondée à Saint-Cyr, dans le parc de Versailles (1).

Premier degré : produisante.

ADÉLAIDE-PAULE-FRANÇOISE DE LA FARE,
1753.

D'azur à trois flambeaux d'or rangés en pal, allumés de gueules.

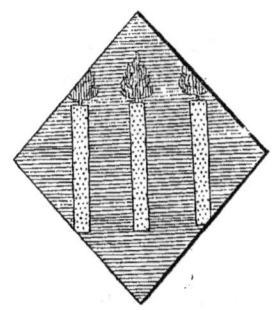

Extrait d'un registre des baptêmes de la paroisse de Saint-Jean de Bessay portant qu'Adélaïde-Paule-Françoise, fille de messir[e] Louis-Joseph-Dominique de la Fare, seigneur de Saint-André de Crugière (*sic*), la Pause, Malbos, etc. et de dame Gabrielle-Paule-Henriette Gazeau, sa femme, née le 30 septembre 1753 fut baptisée le même jour. Cet extrait signé de Lécorce, curé de Bessay, et légalisé.

Deuxième degré : père et mère

JOSEPH-LOUIS-DOMINIQUE DE LA FARE, SEIGNEUR DE SAINT-ANDRÉ PAULE-HENRIETTE GAZEAU DE LA BOISSIÈRE, SA FEMME, 1748.

D'azur au chevron d'or accompagné de trois trèfles de même.

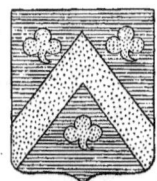

Contrat de mariage de messire Joseph Louis-Dominique de la Fare, chevalier, capitaine de cavalerie au régiment de Chabrillant, fils ainé de messire Gabriel-François de la Fare, chevalier, seigneur de la Pause, de Saint-André de Crugière (*sic*), etc, chevalier de l'ordre militaire de Saint-Louis et de dame

(1) Bibliothèque nationale, ms. fr. 32136, f° 13.

Marie-Madeleine de Plaisse de la Pause, sa femme, accordé le 13 juillet 1748 avec demoiselle Paule-Henriette Gazeau de la Boissière, fille de haut et puissant seigneur messire Henry Gazeau de la Brandarnière, baron de Champagné, etc, et de dame Anne-Marie-Angélique de Bessay. Ce contrat passé devant Servien, notaire en la baronnie de Luçon.

Extrait d'un registre des baptèmes de la paroisse de Saint-Marcel d'Ardèche, diocèze de Viviers, portant que Louis-Joseph-Dominique de la Fare, fils de messire François-Gabriel de la Fare et de dame Marie-Madeleine de la Pause, sa femme, né le 18 juillet 1721, fut baptisé le 21 dudit mois. Cet extrait signé Fontanges, curé de Saint-Marcel, et légalisé.

Troisième degré : ayeul [et ayeule.]

FRANÇOIS-GABRIEL DE LA FARE, COSEIGNEUR DE SAINT-MARCEL, MARIE-MADELEINE [DE] PLAISSE DE LA PAUSE, SA FEMME, 1720.

Contrat de mariage de messire François-Gabriel de la Fare, chevalier, coseigneur de Saint-Marcel, capitaine dans le régiment de Touraine, fils de messire Joseph de la Fare, chevalier, coseigneur de Saint-Marcel, et de dame Jeanne de Pierre de Bernis, accordé le 3 septembre 1720 avec demoiselle Marie-Madeleine de Plaisse de la Pause, fille de noble François de Plaisse, seigneur de la Pause, et de dame Marie-Madeleine de Girard. Ce contrat passé devant Freschon, notaire royal.

Transaction faite le 6 juillet 1716 entre messire Joseph de la Fare, seigneur de la Tour, coseigneur de Saint-Marcel-d'Ardèche, messire Gabriel-François de la Fare, son fils, capitaine au régiment de Touraine, donataire substitué de dame Catherine de la Fare, sa sœur consanguine, d'une part, et demoiselle Elizabeth de la Fare, sœur germaine de la dite Catherine, sur les différens qu'ils avoient pour le partage de la succession de feue demoiselle Marie-Anne de Reynaud, première femme dudit Joseph de la Fare et mère desdites Catherine et Elisabeth de la Fare. Cet acte reçu par Maucuer, notaire au Bourg-Saint-Andéol.

Quatrième degré : bisayeul [et bisayeule].

JOSEPH DE LA FARE, COSEIGNEUR DE SAINT-MARCEL,
JEANNE DE PIERRE DE BERNIS, SA FEMME, 1682.

D'azur à une bande d'or accompagnée [en chef] d'un lion
de même, [armé et lampassé de gueules].

Contrat de mariage de messire Joseph de la Fare, coseigneur de Saint-Marcel d'Ardèche, fils de noble Louis de la Fare, vivant coseigneur dudit lieu de Saint-Marcel, et de dame Isabeau de Gast (1), accordé le 11 avril 1682 avec demoiselle Jeanne de Pierre, fille de messire Jean-Louis de Pierre, seigneur de Bernis. Ce contrat passé devant Faure, notaire audit lieu de Saint-Marcel.

Transaction faite le 25 octobre 1699 entre messire Joseph de la Fare, coseigneur de Saint-Marcel d'Ardèche, fils de feu noble Louis de la Fare et de dame Isabeau de Gast (1), d'une part, dame Françoise de Montmard, veuve de messire Louis de la Fare, et messire Louis-Joseph de la Fare, son fils, sur les différens qu'ils avoient pour l'ouverture de la substitution apposée par Suzanne de la Roque dans le contrat de mariage desdits feus Louis de la Fare et dame Isabeau de Gast (1). Cet acte reçu par Gaultier, notaire.

Cinquième et sixième degrés : IIIe et IVe ayeuls [et ayeules].

LOUIS DE LA FARE, SEIGNEUR DE LA TOUR,
FILS DE JACQUES DE LA FARE, SEIGNEUR DE LA FARE,
ISABEAU DE GAST, SA FEMME, 1629, 1600.

Contrat de mariage de noble Louis de la Fare, seigneur de la Tour, fils de messire Jacques de la Fare, seigneur dudit lieu, gentilhomme ordinaire de la Chambre du Roy, et de dame Hélix du Puy, sa femme, accordé le 18 janvier 1629 avec demoiselle Isabeau de Gast, fille de noble Angelli de Gast, seigneur de Mallin, et de feue demoiselle Isabeau d'Allard. Ce contrat passé devant Lafont, notaire royal au lieu de Saint-Marcel.

Testament de messire Jacques de la Fare, seigneur et baron de

(1) Le manuscrit porte *Gatz*.

la Fare de Montclar, etc, fait le 16 octobre 1600, par lequel il laisse le soin de ses funérailles à dame Hélix du Puech, sa femme ; il lègue à un sien fils non encore batisé dont Monsieur Louis de Vigne, évêque d'Uzès, devoit être le parrain et lui devoit donner le nom de Louis, la seigneurie de la Tour de la Fare avec la somme de 5000 livres ; et il institue son héritier universel Jacques de la Fare, son fils. Cet acte reçu par Sartelon, notaire à Saint-Loup, ressort de Toulouse.

Nous, Louis-Pierre d'Hozier, Chevalier, Juge d'Armes de la Noblesse de France, Conseiller du Roy en ses Conseils, et Commissaire de Sa Majesté pour lui certifier la noblesse des Demoiselles élevées dans la Maison royale de Saint Louis à Saint-Cyr, Certifions au Roi que Demoiselle Adélaide-Paule-Françoise de la Fare a la noblesse nécessaire pour être admise au nombre des Filles Demoiselles que Sa Majesté fait élever dans la Maison royale de Saint-Louis fondée à Saint-Cyr dans le parc de Versailles, comme il est justifié par les actes énoncés dans cette preuve que nous avons vérifiée et dressée à Paris, le jeudi deux décembre mil sept cent soixante deux. D'Hozier. (1).

VIII

Provence. — Preuves de la noblesse de demoiselle Eugénie-Julie-Urbaine d'Agrain des Hubas, agréée. (2)

Premier degré : produisante.

EUGÉNIE-JULIE-URBAINE D'AGRAIN DES HUBAS
1774.

D'azur à un chef d'or.

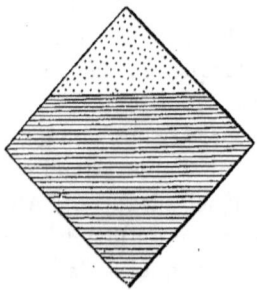

(1) Signature autographe.
(2) Bibliothèque nationale. Ms. fr. 31229 (Nouveau d'Hozier, 4.)

Extrait des registres de la paroisse de Saint-Sauveur de la ville d'Aix, portant qu'Eugénie-Julie-Urbaine d'Agrain des Hubas, fille de messire Jean-Baptiste-Charles d'Agrain des Hubas, seigneur d'Else, des Vans, Saint-Alban, etc, et de dame Anne-Séraphie-Julie de Martini de Saint-Jean. naquit le 22 et et fut baptisée le 23 février 1774. Cet extrait délivré le 5 octobre 1779 par le sieur Carnaud, curé de ladite paroisse, et légalisé.

Deuxième degré : père et mère.

Jean-Baptiste-Charles d'Agrain des Hubas, seigneur de Saint-Alban, Anne-Séraphie-Julie de Martini de Saint-Jean, sa femme.

De gueules à une fasce d'or chargée de deux croissans de sable et accompagnée de trois roues (1) d'argent sans jantes, posées deux en chef et une en pointe, celles du chef surmontées d'un lambel d'or.

Extrait des registres de l'église collégiale et paroissiale de Notre-Dame de la Major de la ville d'Arles, portant que messire Jean-Baptiste-Charles d'Agrain des Hubas, seigneur de Saint-Alban, des Vans, etc., fils naturel et légitime de feu messire Jean-Baptiste-Charles *(sic)* d'Agrain des Hubas, capitaine dans le régiment de Condé, et de feue dame Marie-Louise de Grimoard de Beauvoir du Roure, et demoiselle Anne-Séraphie-Julie de Martiny de Saint-Jean. fille naturelle et légitime de messire Joseph de Martiny de Saint-Jean, conseiller de l'ancien parlement de Provence, et de dame Marie-Barbe Thérèse de Fulque d'Oraison, reçurent la bénédiction nuptiale le 29 avril 1772. Cet extrait délivré le 1er juin 1780 par le sieur Blanchier, capiscol de ladite église, et légalisé.

Testament olographe fait le 14 mai 1757 par Jean-Baptiste d'Agrain des Hubas, seigneur d'Elze, coseigneur de la ville des Vans, étant sur le point de partir pour le service du Roi, par lequel il lègue à Jean-Baptiste-Charles d'Agrain, son fils et de

(1) Le manuscrit portes *roses* au lieu de *roues*.

3

Marie-Louise de Beauvoir du Roure sa femme, son droit de légitime sur ses biens, et institue son héritière universelle ladite dame de Beauvoir du Roure, sa femme. Ce testament, signé d'Agrain des Hubas, fut ouvert le 23 décembre 1766 devant Pierre Baissac, notaire royal.

Troisième degré : ayeul [et ayeule.]

JEAN-BAPTISTE D'AGRAIN DES HUBAS, SEIGNEUR DU PUECH,
MARIE-LOUISE DE BEAUVOIR DU ROURE D'ELZE, SA FEMME, 1737.

D'azur à un chêne d'or, les branches entrelassées.

Contrat de mariage de messire Jean-(Baptiste) (*sic*) d'Agrain des Hubats, seigneur du Puech, coseigneur de Vernon, Baubiat, (1) etc., capitaine dans le régiment de Condé infanterie, fils naturel et légitime de feu messire Christophle d'Agrain des Hubats commandant pour le Roi dans la ville et citadelle d'Aussone, chevalier de l'ordre militaire de Saint-Louis, et de feue dame Anne de Jossouin, accordé le 14 février 1737 avec demoiselle Marie-Louise de Beauvoir du Roure d'Elze, fille naturelle et légitime de feu messire Jacques de Beauvoir du Roure, seigneur d'Elze, des Baumes, la Figère, conseigneur de la ville des Vans, etc., et de dame Jeanne de Molette de Morangi[è]s. Ce contrat passé devant Pierre-Joseph Martin, notaire royal.

Quatrième degré : bisayeul [et bisayeule.]

CHRISTOFLE D'AGRAIN DES HUBAS,
MARIE-ANNE DE JOSSOUIN, SA FEMME, 1708.

Extrait des registres de l'église paroissiale de la ville de Largentière portant que noble Christophle d'Agrain des Ubas, major d'Yvraye (2) fils de feu messire Nicolas d'Agrain des

(1) Balbiac.
(2) Ivrée (Piémont).

Hubas et de feue dame Anne-Marie d'Hautefort de Létrange, et demoiselle Marie-Anne de Jossouin reçurent la bénédiction nuptiale le 26 avril 1708. Cet extrait délivré le 26 octobre 1770 par le sieur d'Allamel, curé de Largentière, et légalisé.

Testament fait le 9 janvier 1676 par noble Nicolas d'Agrain, seigneur des Ubas, coseigneur de Vernon, etc., par lequel il fait son héritière universelle dame Anne d'Hautefort de l'Etrange son épouse, et lègue la somme de 3000 livres à Christophle d'Agrain leur troisième fils. Cet acte reçu par Troupel, notaire.

Cinquième degré : trisayeul [et trisayeule].

NICOLAS D'AGRAIN, SEIGNEUR DES HUBAS.
ANNE D'AUTHEFORT DE LÉTRANGE, SA FEMME, 1659, 1641.

Extrait des registres des mariages de la paroisse de Joanas, portant que noble Nicolas d'Agrain, seigneurs des Ubas, et noble Anne d'Authefort de Létrange, fille de messire Gabriel et de dame Marie de Balazuc, dame de Montréal, reçurent la bénédiction nuptiale le 4 novembre 1659. Cet extrait délivré le 16 octobre 1670 par le sieur Marcel, curé de Joanas, et légalisé.

Jugement rendu le 13 décembre 1668 par Monsieur Bazin de Bezons, Intendant de Languedoc, par lequel, vu les titres représentés par noble Nicolas d'Agrain, seigneur des Ubatz, Vernon, etc., marié avec demoiselle Anne d'Authefort de Lestrange et fils de noble Jean d'Agrain, seigneur des Ubatz et conseigneur d'Alzons, et de demoiselle Louise de Chastel sa femme, il déclare ledit Nicolas d'Agrain noble et issu de noble race et lignée. Ce jugement signé Bazin.

Testament fait le 29 avril 1641 par noble Jean d'Agrain, seigneur des Ubas, conseigneur d'Alzons, etc., par lequel il nomme son héritière universelle demoiselle Louise de Chastel, sa femme, à la charge de remettre son héritage à noble Nicolas d'Agrain, leur premier fils. Ce testament reçu par Bardin, notaire royal.

Nous [... *en blanc*...] le seize may mil sept cent quatre-vingt-deux. D'HOZIER (1).

(1) Signature autographe.

IX

Languedoc. 1782. — Preuves de la noblesse de demoiselle Marie-Clémence-Césarée-Helvienne de Fages de Vaumale, agréée (1).

Premier degré : produisante.

MARIE-CLÉMENCE-CÉSARÉE-HELVIENNE DE FAGES DE VAUMALE.
1775.

D'or à une colombe d'argent, tenant dans son bec un rameau d'olivier de sinople, et posée sur une montagne de gueules de trois coupeaux mouvante de la pointe de l'écu, et un chef d'azur à trois fleurs de lys d'or rangés en fasce.

Extrait des registres des baptesmes de la paroisse de Rochemaure, portant que demoiselle Marie-Clémence-Helvienne-Césarine de Fages de Vaumale, fille légitime de messire Pierre-François-César et de dame Marie-Madeleine Fargier, de Rochemaure, naquit le 15 may 1775, fut ondoyée le même jour,

(1) Bibliothèque nationale. Ms. fr. 31353 (Nouveau d'Hozier 128).

et reçut les cérémonies du baptême le 12 juin suivant. Cet extrait délivré par le sieur Gourdon, curé de Rochemaure, et légalisé.

Deuxième degré : père et mère.

PIERRE-FRANÇOIS-CÉSAR DE FAGES, SEIGNEUR DE VAUMALE, MARIE-MADELEINE FARGIER, SA FEMME, 1766.

Extrait des registres des mariages de la paroisse de Saint-Laurent de Rochemaure portant que messire Pierre-François-César de Fages, seigneur de Vaumale, fils légitime de messire Jean César de Fages, bailly d'épée de la baronnie de Vaugüé, et de dame Marguerite-Françoise Durand, et demoiselle Marie-Madeleine Fargier, fille légitime de Monsieur Pierre Fargier, conseigneur de Saint-Andéol-de-Berc et de Saint-Pons, et de dame Madeleine-Clémence Vincent, de Rochemaure, reçurent la bénédiction nuptiale le 18 novembre 1766. Cet extrait délivré par le sieur de Ribes, curé de Rochemaure, et légalisé en 1773.

Contrat de mariage de messire Pierre-François-César de Fages, seigneur de Vaumale, fils légitime de messire Jean César de Fages, pensionnaire du Roy, bailly d'épée de la baronnie de Vogüé, et de dame Françoise-Marguerite Durand, accordé le 17 novembre 1766 avec demoiselle Marie-Madeleine Fargier. Ce contrat passé devant Cornet et Gros, notaires royaux.

Troisième degré : ayeul et [ayeule.]

JEAN-CÉSAR DE FAGES, MARGUERITE-FRANÇOISE DURAND, SA FEMME 1747.

Contrat de mariage de messire Jean-César de Fages, pensionnaire du Roy, bailly de Vogüé, fils légitime et naturel de messire César de Fages, ancien capitaine d'infanterie et bailly général des comtés de Montlor, Aubenas et Saint-Remèze, et de feue dame Marie-Anne du Claux accordé le 8 novembre 1747 avec demoiselle Françoise-Marguerite Durand, fille légitime et naturelle de feu noble Pierre Durand, ancien capitaine de cavalerie, cy-devant inspecteur des ports du Rhosne en Vivarais, et de

dame Madeleine Ennemond de Peytieu. Ce contrat passé devant
Garimond, notaire royal.

Extrait des registres des batesmes de la paroisse de Saint-
Laurent d'Aubenas portant que Jean-César de Fages, fils naturel et légitime de noble César de Fages et de dame Marie-Anne
du Claux, naquit le 9 septembre 1708 et fut baptisé le 8ʒ desdits
mois et an. Cet extrait délivré le 17 juillet 1774 par le sieur
Lamotte (1), curé d'Aubenas et légalisé.

Quatrième degré : bisayeul [et bisayeule.]

CÉSAR DE FAGES
MARIE-ANNE DU CLAUX, SA FEMME, 1701.

Extrait des registres des mariages de l'église paroissiale de
Saint-Laurent d'Aubenas portant que noble César de Fages,
fils légitime de noble Antoine de Fages, seigneur de La Combe,
etc, et de dame Marie du Mas, et demoiselle Marie-Anne du
Claux reçurent la bénédiction nuptiale le 22 août 1701. Cet extrait délivré le 9 mars 1775 par le sieur de Blanc de Molières
(sic) (2), vicaire d'Aubenas, et légalisé.

Cinquième degré : trisayeul [et trisayeule.]

ANTOINE DE FAGES, SIEUR DE LA COMBE,
MARIE DU MAS, SA FEMME, 1663, 1622.

Contrat de mariage de noble Antoine de Fages, sieur de La
Combe, fils naturel et légitime de noble Guillaume de Fages et
de demoiselle Anne de La Motte, accordé le 5 février 1663 avec
demoiselle Marie du Mas. Ce contrat passé devant Louis Maurin,
notaire royal.

Jugement rendu le 28 janvier 1669 par Monsieur Bazin de
Bezons, Intendant de Languedoc, par lequel, vu les titres représentés par noble Guillaume de Fages, conseigneur de Tauriés,
tant pour lui que pour noble Antoine de Fages, sieur de La

---

(1) Louis-François de Chalendar de la Motte, fils d'Anne-Louis, officier de
marine, et de Louise-Françoise de Gravier (fille de Pierre de Gravier, capitaine
de vaisseau) fut curé d'Aubenas de 1747 à 1792. (Communication de M. le
général de Chalendar).
(2) Corrigez : Molines.

Combe, son fils, ledit sieur Intendant ordonne que lesdits Guillaume et Antoine de Fages jouiront des privilèges des nobles de
la province de Languedoc. Ce jugement signé : Bazin.

Contrat de mariage de noble Guillaume de Fages, fils naturel
et légitime de feu noble Jean de Fages et demoiselle Françoise
de Collas, accordé le 3 novembre 1622 avec demoiselle Anne [de
Chalendar] de La Motte, fille naturelle et légitime de noble Jean
[de Chalendar] de La Motte, syndic général du pays de Languedoc,
et de demoiselle Jeanne de La Balme. Ce contrat reçu par Rivière,
notaire.

Nous, (... *en blanc*...) à Paris le vingt huit juin mil sept cent
quatre-vingt deux. D'HOZIER (1).

(X)

Vivarais. — Novembre 168. . (sic). — Preuves de la noblesse
de Marie-Blanche de Comte de Saint-Montan, présentée pour
être reçue dans la communaute des Demoiselles de Saint-Louis
à Saint-Cir. (2)

Elle n'a pu obtenir de place à Saint-Cir.

MARIE-BLANCHE DE COMTE DE SAINT-MONTAN.
1680.

Extrait du registre des baptêmes de la paroisse de l'Argentière
au diocèse de Viviers, signé par collation du 13 mars 1688 Bour-
neau, grefier du bailliage du Bas-Vivarés, et légalisé, portant
que Marie-Blanche, née le 24ᵉ janvier 1680, du mariage de noble
Louis de Comte et de demoiselle Blanche de Rochier, fut baptisée le 5 d'octobre 1681.

Premier degré : père et mère.

LOUIS DE COMTE II, SEIGNEUR DE SAINT-MONTAN,
BLANCHE DE ROCHIER, SA FEMME, 1673.

De... à une double croix de... surmontée de trois roses de... (sic) (3)

(1) Signature autographe.
(2) Bibliothèque nationale. Ms. fr. 30983. (Cabinet d'Hozier 102.)
(3) Le volume 832 des Pièces originales (Bibliothèque nationale Ms. fr. 27316.)
contient un dossier sur la famille de Comte. La pièce n° 5 est un inventaire des
pièces fournies à M.d'Hozier par demoiselle Marie-Blanche de Comte, fille de noble
Louis de Comte et de demoiselle Blanche de Rochier, habitant en la ville de Largentière (de novembre 1688) à la suite duquel se trouve la note suivante : « Mon

Contract de mariage de noble Louis de Comte, seigneur de Saint-Montan et fils de noble Louis de Comte et de demoiselle Françoise de Bompar, avec demoiselle Blanche de Rochier, fille de noble Etienne de Rochier et de demoiselle Françoise de Chanaleilles. Ce contract du 27 juillet 1673 reçu par Vedelli, notaire à l'Argentière.

Testament de noble Louis Comte, fait le 22 mars 1642, par lequel il institue ses héritiers demoiselle Françoise de Bompar, sa femme, et Louis Comte. son fils aisné, auquel il substitue Jean, Esprit et Anne Comte ses autres enfans. Cet acte reçu par Bellidentis, notaire à l'Argentière.

Deuxième degré : ayeul et ayeule.

LOUIS COMTE I, SEIGNEUR DE SAINT-MONTAN, FRANÇOISE DE BOMPAR, SA FEMME, 1628.

De... à deux épées de..., passées en sautoir.

Contract de mariage de noble Louis Comte, fils de noble Mathieu Comte et de demoiselle Tomine d'Arnaud, avec demoiselle Françoise de Bompar, fille de noble François de Bompar et de demoiselle Anne de Ponhet, reçu par Tarenget, notaire à l'Argentière.

Transaction faite le 22 septembre 1613 entre demoiselle Tomine d'Arnaud et nobles Louis et Michelle Comte, ses enfans, sur les diférends qu'ils avoient pour le partage de la succession de noble Mathieu Comte, leur père. Cet acte reçu par Rivière, notaire à l'Argentière.

---

frère sçait le blason de nos armes, et celles de ma mère, qui sont dans mon cachet, [sont] deux épées en croix ; celles de Rocher sont trois roses en chef et au fonds une double [*figure* représentant une double croix] ; celles d'Arnaud de nostre ayeule [sont] deux aigles escartelées (*sic*); celles [de Gabrielle] de Coulens sont d'une colombe les aisles despliées. Je ne scai celles de Valas, quatryème ayeulle. ◆ Nous nous sommes servi de cette description pour établir, d'une façon encore bien problématique, le dessin des armoiries des aïeules de Marie-Blanche de Comte.

Troisième degré : bisayeul et bisayeule.

MATHIEU COMTE, SEIGNEUR DE SAINT-MONTAN,
TOMINE D'ARNAUD, SA FEMME, 1577.

D... à deux aigles de...

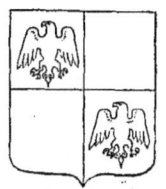

Contract de mariage de noble Mathieu Comte, écuyer, conseigneur de Saint-Montan au diocèse de Viviers, fils de noble Jacques Comte et de demoiselle Gabrielle de Coulans, avec demoiselle Tomine d'Arnaud, fille de noble François d'Arnaud et de noble Guillemette de Sauvage. Ce contract du 14 février 1577, reçu par Taranget, notaire à l'Argentière.

Testament de noble Claude Comte écuyer, fait le 12 octobre 1574, par lequel il institue son héritier universel Mathieu Comte, son frère, et fait ses légataires Claude Comte l'ainé, et Charlotte, Caterine, Delfine et Isabeau Comte, ses autres frères et sœurs. Cet acte reçu par Ramondi, notaire à Aubenas en Vivarés.

Certificat donné le 6 février 1588 par Matieu Comte, écuyer, commis par le seigneur de Montréal, commandant pour le roi dans le Bas-Vivarais, portant qu'il avoit passé en revue la compagnie du capitaine Gousin, et qu'il l'avoit trouvée en bon et sufisant équipage pour faire service à Sa Majesté. Cet acte signé Comte, et scellé.

Quatrième degré : trisayeul et trisayeule.

NOBLE JACQUES COMTE, CONSEIGNEUR DE SAINT MONTAN,
GABRIELLE DE COULANS, SA FEMME, 1539.

De... à deux colombes volantes d'argent en bande.

Transaction faite le 13 d'octobre 1559 entre demoiselle Gabrielle de Coulans, veuve de Jacques Comte, écuyer, et fille de noble Gaspard de Coulans, seigneur de La Balme et de demoiselle Françoise de Montréal, et demoiselle Hélis de Coulans, sa sœur, femme de François Julien, écuyer, sur les diférends qu'elles avoient pour le partage de la succession de noble Baltazar de Coulans, leur ayeul, seigneur de La Balme. Cet acte reçu par Tailland, notaire à Villeneuve-de-Berc en Vivarés.

Bail anfitéose d'une maison assise au lieu de Saint-Montan, fait le 9ᵉ septembre 1539 par noble Jacques Comte, écuyer, conseigneur de Saint-Montan, et par demoiselle Gabrielle de Coulans, sa femme à noble Jacques de Banne (1), seigneur de La Bastie de Verre en Dauphiné. Cet acte reçu par Du Rant, notaire à Rochemaure.

Testament de noble Claude Comte, du lieu de Saint-Montan, fait le 15 janvier 1521, par lequel il institue ses héritiers universels nobles Jean et Jacques Comte, ses enfans. Cet acte reçu par Valentin, notaire à Saint-Montan.

Cinquième degré : ivᵉ ayeul et ayeule.

NOBLE CLAUDE COMTE,
SUZANNE DE VALAS, SA FEMME, 1490.

Vente faite le 9 octobre 1517 par noble Claude Comte et par Suzanne de Valas, sa femme, à Michel Moirenc, vigneron.(2) Cet acte reçu par Girard, notaire à Saint-Montan,

Acquisitions d'héritages assis dans le mandement de Saint-Montan faites le 7 janvier 1505 et le 20 mars 1489 par noble Claude Comte. Ces actes reçus par Gérard, notaire à Saint-Montan.

Jugement de Monsieur de Bezons, Intendant en Languedoc, rendu à Montpellier le 21 mars 1670, portant confirmation de la noblesse de Louis Comte pour la justification de laquelle il avoit représenté les mêmes titres que ceux qui sont énoncés dans cette preuve.

Nous, CHARLES D'HOZIER, Conseiller du Roi, Généalogiste de sa Maison, Juge général des Armes et Blasons de France, et Chevalier des Ordres militaires de Saint Maurice et de Saint-Lazare de Savoie, CERTIFIONS AU ROI que Demoiselle MARIE-BLANCHE DE COMTE DE SAINT-MONTAN a la noblesse nécessaire pour être reçue dans la Communauté des Demoiselles de Saint-Louis à Saint-Cir, comme il est justifié par les actes énoncés dans cette preuve, que nous avons vérifiée et dressée à Paris, le ... novembre mil six cent quatre vingt... (sic).

---

(1) Le manuscrit porte Baume.
(2) Le nom de l'acquéreur est biffé dans le manuscrit.

Il nous reste à donner, sur les jeunes filles dont on vient de lire les preuves, les renseignements que nous avons pu recueillir soit sur elles-mêmes, soit sur leurs descendants. Notes certes bien incomplètes, et d'importance très inégale. mais qui corrigeront peut-être dans une certaine mesure la sécheresse et l'aridité des documents qui précèdent.

I. Louise de Surville. La famille de Surville est assez bien connue, grâce surtout aux recherches qui ont été faites à propos des poésies attribuées à Marguerite-Clotilde de Surville (1), et les preuves de Louise n'apporteraient aucun document nouveau si elles ne donnaient les armes des familles alliées aux Surville.

Louise de Surville revint en Vivarais à sa sortie de Saint-Cyr. Son père était mort à Gras le 4 septembre 1685. Elle-même se fixa au Bourg-Saint-Andéol, elle y habitait en 1699, et fut à cette date marraine de son neveu Pierre-Joseph, (plus tard officier et chevalier de Saint-Louis).

Elle épousa, le 3 mai 1701, noble Jean-Baptiste de Mercoyrol, seigneur de Saint-Pons et de Baumevallier, qui fut capitaine au régiment de Chambonas.

Devenue veuve, elle se remaria le 20 juillet 1719, avec noble Antoine de Chalendar, seigneur de Lambras, fils de Joachim de Chalendar, seigneur de Lambras et de Françoise de Taranget (2).

(1) Voir le travail de M. Eugène Villedieu intitulé « Marguerite de Surville, sa vie, ses œuvres, ses descendants devant la critique moderne » dans le Bulletin de la Société des Sciences naturelles et historiques de l'Ardèche, n°s 7 et 8. Privas, 1873 et 1875, 8°. — L. de La Roque. Armorial de la Noblesse de Languedoc, Généralité de Montpellier. Tome I, page 487. Montpellier et Paris, 1860, 8°

(2) Antoine de Chalendar, seigneur de Lambras, était déjà veuf en premières noces de N. de Vachier, et en deuxièmes noces de Magdeleine Tailhand, qu'il avait épousée le 13 novembre 1707. M. le Général de Chalendar a bien voulu nous donner sur la descendance d'A. de Chalendar de Lambras, les notes suivantes : « De ce second mariage vinrent 1° une fille, Anne-Françoise, née en 1708 et mariée le 8 juillet 1731 avec Jean Chenivesse du Four, et 2° un fils, Jean-Baptiste, né le 9 février 1710, et qui fut marié à Jeanne de Puech, veuve de Jean de Cubières. La généalogie dressée lors du mariage de mon grand-père mentionne, comme fils d'Antoine de Chalendar, un Jean-Claude, qui serait mort au service en 1734. Etait-il fils de Louise de Surville ? C'est peu probable, car il n'aurait guère eu que quatorze ans au moment de sa mort. Il paraît plus probable que Jean-Claude et Jean-Baptiste ne sont qu'un seul et même personnage, le dernier de la branche des Chalendar de Cornillon, dans l'ordre des naissances, mais non dans celui des décès. puisqu'Antoine, son père, mourut seulement le 1er mars 1772, dans un âge sans doute très avancé. »

De son premier mariage Louise de Surville aurait eu, d'après M. de Gigord, (1) une fille, Martine, et un fils, Charles. Ce dernier devint prieur de Saint-Pons, chanoine de Viviers, et mourut en 1782. M. de Gigord s'est probablement trompé en ce qui concerne Martine à qui il fait épouser, (sans donner la date du mariage), Antoine de Chalendar, seigneur de Lambras, fils de Joachim et de Françoise de Taranget, c'est-à-dire son propre *beau-père*. L'erreur vient peut-être d'une confusion entre cette Martine, (en admettant qu'elle ait existé), et une autre Martine de Mercoyrol, sa grande-tante, qui avait épousé, le 4 janvier 1650, Antoine de Chalendar, seigneur de La Combe, aïeul du second mari de Louise de Surville.

Quoi qu'il en soit, nous ne croyons pas qu'il existe des descendants de Louise de Surville, car le fils qu'elle eut de son premier mariage entra dans les ordres, et il ne paraît pas qu'elle ait laissé postérité de son second mariage (2).

BALAZUC

II. Gabrielle de Balazuc. Gabrielle de Balazuc mourut à Saint-

---

(1) R. de Gigord. La Noblesse de la Sénéchaussée de Villeneuve-de-Berg en 1789. Lyon, 1894, 4°. p. 619.

(2) Voy. la note 2 de la page précédente. — Le marquis de Surville était le petit-neveu de Louise.

Cyr, nous ignorons à quelle date. (1) Sa famille, une des plus anciennes et des plus illustres du Vivarais, est bien connue, de même que les familles auxquelles elle s'allia, sauf peut-être les La Mure, dont nous ignorions les armes avant d'avoir consulté les preuves de Gabrielle.

Nos recherches à Epinal, en ce qui concerne Aimée de Balazuc, dame du Chapitre noble de cette ville, n'ont pas donné de résultat. (2)

(1) Communication de M. le vicomte de Montravel.— Th. Lavallée. Madame de Maintenon et la maison royale de Saint-Cyr. Paris, 2ᵐᵉ éd. 1863. 8°. p. 426.

(2) Il y a lieu de faire quelques remarques au sujet des armes de la famille de Balazuc, reproduites plus haut. Si l'on ouvre, en effet, l'armorial de Languedoc de L. de La Roque, ou l'ouvrage de M. de Gigord que nous venons de citer, on constate que les Balazuc avaient pour armes un écu d'argent chargé de trois pals de sable, (ou palé d'argent et de sable de six pièces), au chef de gueules chargé de trois étoiles d'or). M. de La Roque et M. de Gigord n'indiquent pas de sources. Le premier a probablement utilisé les preuves fournies lors des recherches de 1668 et 1669. Des documents plus anciens (entre autres le sceau d'une charte de 1246 émanant de Guillaume de Balazuc, qu'a bien voulu nous signaler M. de Montravel), indiquent d'autre part, conformément aux preuves de Gabrielle, un écu d'azur chargé d'un demi-vol d'argent. S'il est difficile de savoir pourquoi les Balazuc ont ainsi changé d'armes il est plus facile de déterminer l'époque à laquelle ce changement a eu lieu. Il n'était pas encore définitif en 1694. date de l'entrée à Saint-Cyr de Gabrielle, puisque ses preuves portent les armes anciennes. Cependant son père, Jean de Balazuc, et son oncle, Balthazar, auraient dès 1669 et 1668 (d'après M. de La Roque), présenté la seconde version de leurs armes. Il y a même lieu de croire que cette seconde version était encore plus ancienne. En effet, l'armorial général de 1696 (volume de Montpellier-Montauban, page 343), indique que « Louis de la Motte, chanoine et archidiacre de l'églize cathédralle de Viviers, porte : de gueules à un lion d'or, accompagné d'une estoille de même posée au dessus de sa patte dextre, écartelé d'argent à trois pals de sable, et sur le tout d'azur à un lévrier courant d'argent. » L'écu posé sur le tout figure les armes des Chalendar, le premier et quatrième quartiers celles des La Motte, les second et troisième enfin, sont les armes nouvelles des Balazuc, moins le chef. Louis de Chalendar de La Motte était le petit-fils d'Anne de Balazuc de Montréal mariée eu 1609 à Hérail de Merle, baron de La Gorce. D'autre part, Marc-Antoine de Verdier, de Rochemaure, fils d'Antoine et de Suzanne de Lafont, avait épousé le 4 mars 1624 (Delagrange, notaire) Anne de Balazuc, fille de Gaspard et de Marguerite de La Mure, et c'est vraisemblablement à la suite de ce mariage que les Verdier adoptèrent un blason ou figurent, en parti, les armes nouvelles des Balazuc. Il ne faut cependant pas exagérer l'importance de ces deux faits qui ont pu être, le premier surtout, très postérieurs aux alliances qui les ont motivés. Mais un autre document, qui nous a été signalé par MM. Florentin Benoit d'Entrevaux et Nougarède, précise mieux la date de ce changement. C'est une pièce d'argenterie appartenant à M. Masclary, qui a bien voulu nous autoriser à en reproduire ici la gravure, et qu'on peut lire ainsi : écartelé au 1 d'azur au demi-vol d'argent ; au 2 de gueules au lion issant d'or ; au 3 palé de sable et d'argent de six pièces, au chef de gueules chargé de trois étoiles d'or ; et au 4 d'azur à trois roses d'argent, posées deux et une. L'écu sommé d'une couronne de marquis. On reconnaît sans peine dans les deuxième et quatrième quartiers les armes des Hautvillar, dans le premier les armes anciennes des Balazuc, et dans le troisième les armes nouvelles de la même famille. On peut donc conclure de l'examen de cette intéressante pièce que le changement d'armes des Balazuc date de Jean de Balazuc, marié en 1661 avec Claude de Hautvillar, mariage d'où naquit Gabrielle de Balazuc de Montréal, élève de Saint-Cyr.

x donné par M. de Montravel à l'abbé Roche, qui l'a donné au Mⁱⁱ de Vogüé

III. Charlotte-Sophie du Solier mourut étant élève à Saint-Cyr (1). Elle n'avait qu'une sœur qui épousa un M. de Chavanon, probablement étranger au Vivarais. La résidence de sa famille était à Saint-Vincent-de-Barrès, dans une propriété appelée le Chevalier, qui appartient aujourd'hui à M. Comte, ancien conseiller général de l'Ardèche.

IV. Antoinette de Royraud, née en 1717, ne sortit de Saint-Cyr qu'en 1739 (2).

Elle était née au château des Rieux, près de Saint-Alban-d'Ay, comme l'indique son extrait de baptême, et ne revint probablement pas en Vivarais. En effet, nous n'avons trouvé dans les archives de Saint-Cyr (3) que la mention de sa dot et pas de frais de voyage pour retourner auprès de ses parents. D'autre part, nous devons à la très grande obligeance de M. Vachon de Lestra, descendant de la famille de Royraud et propriétaire du château des Rieux, d'autres renseignements qui nous ont permis de constater que Mademoiselle de Royraud entra en religion. Gabriel de Royraud, IVe aïeul de M. Vachon de Lestra, avait eu de nombreux enfants de son mariage avec Marie-Ursule Palerne, entre autres : Zacharie de Royraud qui survécut à son fils unique ; Geneviève de Royraud qui devint Mme de Chambonnas, marquise de Peyraud (4) ; Gabriel de Royraud, supérieur des Célestins de Paris au moment de la dissolution de l'ordre ; Antoinette, élève à Saint-Cyr. Or une tradition de famille rapporte que les Royraud de la génération

(1) Communication de M. de Montravel. — Lavallée. *Op. cit.* p. 441.

(2) Arch. du dép. de Seine-et-Oise. Inventaire de la série D, pages 197 et 230.

(3) Elles font aujourd'hui partie des Archives du département de Seine-et-Oise. — Inventaire de la série D, pages 197 et 230.

(4) Celle-ci eut, entre autres enfants, Mme de Serres (à qui Louise Poncet, veuve de Zacharie de Royraud, remit le château des Rieux par donation entre vifs du 19 septembre 1781) et Mme de Brézy, dont la fille, Caroline, épousa en 1812 M. Chèze, maire de Serrières et conseiller général de l'Ardèche. Mme Chèze avait hérité en 1807 du château des Rieux, à elle légué par sa tante Madame de Serres. Elle fut la grand-mère de M. Vachon de Lestra, l'honorable conseiller général de l'Ardèche. M. Vachon de Lestra, propriétaire des Rieux, succède donc directement aux Royraud, qui étaient entrés par mariage (1647) dans la famille de Faure, ou Fabri, fixée aux Rieux ou à Saint-Alban dès le début du XVe siècle. — Voir l'article de M. Benoît d'Entrevaux sur le Château des Rieux (*Revue du Vivarais*, 1903, p. 233), où l'on trouvera la suite complète des propriétaires, établie sur pièces authentiques, et trois vues de ce beau domaine.

d'Antoinette ont tous fini religieux ou religieuses dans des couvents divers, sauf Zacharie, Mme de Chambonnas et Gabriel, supérieur général des Célestins au moment de la suppression de l'ordre, qui mourut prêtre, mais pas dans un couvent. Nous ne pensons pas qu'Antoinette ait fait profession à Saint-Cyr, mais elle fut effectivement religieuse dans un couvent que nous n'avons pu déterminer (1).

V. Marie-Angélique de Julien de Vinezac sortit de Saint-Cyr en 1752, elle reçut alors cent livres de frais de voyage pour s'en retourner en Vivarais, et sa dot lui fut liquidée l'année suivante (2). Nous ignorons le lieu de sa résidence en Vivarais, c'est vraisemblablement Vinezac, (où elle était née,) ou Largentière. Marie-Angélique mourut célibataire. Trois autres membres de sa famille portèrent les mêmes prénoms qu'elle. Sa tante et marraine, morte célibataire ; sa sœur aînée décédée en bas-âge ; enfin sa nièce fille, de Mathieu de Julien, chevalier de Vinezac, qui épousa le 16 août 1767, un officier de la Légion de Hainaut, en garnison à Largentière, Paul-François, baron de Hagen. (3)

VI. Anne-Louise-Magdeleine de Badel se sentit attirée par la vocation religieuse, et resta à Saint-Cyr. Voici son acte de prise d'habit : (4)

« Au nom du Père, et du Fils et du Saint-Esprit. Ainsi soit-il.

« Ce jourdhuy vingt huit juin mille sept cent soixante onze, je,
« Sœur Anne-Louise Magdeleine de Badel, âgée de vingt ans
« deux mois, fille de Messire Antoine de Badel et de Dame
« Catherine Vidal, son épouse, née en la paroisse de Saint-
« Thomas de Privas, diocèze de Viviers, soussignée, confesse
« m'estre librement et volontairement présentée à Monseigneur

(1) Lavallée. *Op. cit.* p. 442.
(2 Achives du département de Seine-et-Oise. Inventaire. Série D, p. 203.
(3) Les armes de la trisaïeule de Mlle de Vinezac, Marie de Poulin, qui sont décrites plus haut, ne nous étaient connues jusqu'à présent que comme appartenant à la famille de Lhermusières, sauf quelques variantes. (Voy. notamment Gigord, *op. cit.* et La Roque. *op. cit.*, tome 1.) Marie de Poulin était d'ailleurs la fille d'un noble Pierre ou Gaspard de Poulin de Lermuzières (Bibl. nat. Mss. nouveau d'Hozier, 191).
(4) Archives du département de Seine-et-Oise. D, 174, registre in f°, f° 195.

« l'Illustrissime et Révérendissime Pierre Augustin Bernardin
« de Rosset de Fleury, Evesque de Chartres, premier aumônier
« de Madame la Dauphine pour le supplier de me donner le
« voile et l'habit de Novice. et me recevoir au Noviciat pour
« parvenir à faire les vœux solemnels de pauvreté, chasteté et
« obéissance religieuse, et un quatrième de consacrer ma vie à
« l'éducation des Demoiselles de la Maison de Saint Loüis
« établie à Saint-Cyr dans le diocèze de Chartres, ce qu'il nous
« auroit accordé en nous donnant publiquement le voile et l'habit
« de Novice avec les cérémonies et formalitez ordinaires de l'Eglise.

   « En présence de Madame la Comtesse de Provence, (1) qui
« m'a fait l'honneur de me donner le voile, de M. le Baron de
« Morton (sic), exempt des Gardes, et de M. le Baron de Grande-
« ville (sic), de M. l'Abbé Durvé, qui a presché. Lesquels ont
« signé :

ANNE LOUISE MAGDELAINE DE BADEL.

MARIE JOSÉPHINE LOUISE.

† P. A. B Ev. DE CHARTRES.

LE Bon DE GRAINTHÉVILLE, Exempt des Gardes.

LE Bon DE MORETON DE CHABRILLAN, Exempt des Gardes.

LE Cte DE SERVASCA, Exempt des Gardes Suisses.

L'ABBÉ D'URVÉ, Prêtre.

Sr DUHAN, Supérieure.

                    Sr DE MONTORCIER, Secrétaire. »

On remarquera parmi les témoins le nom du baron de Moreton
de Chabrillan, dont la famille tenait de près au Vivarais.

   Nous ne savons si la sœur de Badel vivait encore à la Révolution Elle n'aurait eu qu'une quarantaine d'années au moment où
fut supprimée la maison de Saint Louis.

   VII. ADÉLAIDE DE LA FARE La famille de La Fare est une des
plus anciennes et des plus illustres de Languedoc. Elle a fourni
assez de personnages marquants pour tenter non seulement les
généalogistes mais les historiens. L'un d'eux, M. l'abbé L.
Bouyac s'est attaché à retracer la vie de celle « qui devait être,
dans les desseins de Dieu, la gloire la plus pure et la plus solide

----

(1) Marie-Joséphine-*Louise* de Savoie, mariée depuis un mois au Comte de
Provence, depuis Louis XVIII.

de sa maison », la Révérende Mère de La Fare, supérieure du Saint-Sacrement de Bollène ; et son ouvrage (1) est si soigneu-

MARIE - MAGDELEINE - JOSEPHINE - HENRIETTE DE LA FARE,
Supérieure du St-Sacrement de Bollène. 1750-1828

sement documenté qu'on ne peut plus écrire sur la famille de La Fare sans le consulter.

(1) La Révérende Mère de La Fare, supérieure du Saint-Sacrement de Bollène et fondatrice des maisons d'Avignon et de Carpentras (1750-1828) par l'abbé L. Bouyac. Avignon, Roumanille. 1889 (3ᵉ éd.) in 8º. — M. l'abbé Bouyac et M. Roumanille ont bien voulu nous autoriser à reproduire dans la *Revue du Vivarais* deux des gravures qui ornent la vie de la R. Mère de La Fare.

4

Un autre ouvrage, plus modeste, nous est tombé entre les mains, ce sont des Mémoires écrits par Adélaïde de La Fare elle-même (1), devenue la comtesse de La Boutetière.

Le livre de M. l'abbé Bouyac et les mémoires de Madame de La Boutetière offrent trop d'intérêt pour que nous puissions avoir la prétention de les analyser. Nous y renvoyons le lecteur et nous nous contenterons d'y puiser de brèves indications.

Louis-Joseph-Dominique de La Fare, jeune officier de cavalerie au régiment de Chabrillan vint tenir garnison dans la petite ville de Luçon en 1746. Il y fit connaissance de Mlle de Gazeau qu'il épousa en 1748. De ce mariage naquirent six enfants :

1° L'aîné, Marie-Joseph-Gabriel-Henri, né en 1749, fut officier comme ses ancêtre ; il épousa le 30 mai 1775 Françoise-Gabrielle de Riquet de Caraman ; la famille royale signa au contrat. Maréchal de camp en 1780, il mourut prématurément cinq ans après au château de Vénejan.

2° Un an après, (21 janvier 1750), venait au monde celle qui se signala par les vertus les plus rares. Marie-Madeleine-Joséphine Henriette de La Fare entra comme novice au couvent du Saint-Sacrement de Bollène en avril 1775 et mourut dans le même couvent le 23 février 1828.

3° Anne-Louis-Henri de La Fare entra dans les ordres ; évêque de Nancy en 1787, il fut, sous la Restauration, archevêque de Sens, duc, pair de France, cardinal, et ministre d'Etat.

4° François-René-Joachim, filleul du cardinal de Bernis, mourut à douze ans.

5° Adélaïde-Paule-Françoise.

6° Marie-Marguerite, mariée avec un Vivarois, le baron de Fages de Chazeaux Elle mourut à Bollène le 14 septembre 1810.

Adélaïde-Paule-Françoise, née le 30 septembre 1753, fut baptisée le même jour dans la chapelle du château de Bessay. Parmi les assistants se trouvait, comme parent éloigné, un enfant, Jean-François Prévost de La Boutetière, qui, vingt huit ans plus tard, devint le mari de la nouvelle chrétienne.

(1) Mémoires de Madame la comtesse de La Boutetière de Saint-Mars rapportant les principaux événements de son émigration en 1791. [édités par L. Sandret]. Angers, imprimerie Lachèse et Dobleau [J. Siraudeau, successeur] 4, chaussée Saint-Pierre, 1884 in-8°.

Nous devons remarquer ici que Mlle de La Fare n'est pas née en Vivarais, mais au château de Bessay, près de Luçon. Nous

ADELAÏDE-PAULE-FRANÇOISE DE LA FARE,
COMTESSE DE LA BOUTETIÈRE DE SAINT-MARS
(1754-1823).

l'avons cependant rangée parmi d'autres Vivaroises à cause de l'origine de sa famile et parce que ses preuves la désignent comme Languedocienne.

Adélaïde entra à Saint-Cyr en 1762 et en sortit dix ans plus
tard (1). Pendant le temps qu'elle passa dans la maison de Saint-
Louis, ses parents quittèrent la Vendée pour des garnisons
méridionales. M de La Fare eut un commandement à Avignon,
qu'occupaient alors les troupes françaises. Il se retira du service
en 1774 et se fixa près de son frère, le chevalier de La Fare, à
Bollène.

Vers cette époque Adélaïde fut reçue chanoinesse du Chapitre
noble de Coïsse-Largentière au diocèse de Lyon.

En 1781, elle épousa Jean-François Prevost, comte de La Boutetière et de Saint-Mars, chevalier de Saint Louis et capitaine de
cavalerie au régiment d'Orléans. Elle eut trois enfants : Louis-
François, Aimée-Henriette Hélène et Marie-Radegonde-Alexan-
drine.

La famille de La Boutetière émigra en 1791. En 1717, Madame
de La Boutetière écrivit à la demande de ses enfants les mémoires
de son émigration. Tout est à lire dans ce petit livre et nous ne
pouvons que marquer les étapes de son triste exode. A Trèves
elle trouva toute une colonie d'émigrés : « Le Cardinal de Mont-
morency venait tous les soirs à sept heures. Il était très méthodique.
Il devait rentrer à telle heure chez lui, et pour ne pas y manquer,
dans toutes les maisons où il allait, ne devant y passer qu'une
demi-heure, pour ne pas manquer d'une minute, il tirait sa
montre à chaque instant. Mes filles l'amusaient beaucoup. Alexandrine, hardie comme un page, grimpait sur ses genoux, jouait
avec ses ordres, et lui ayant demandé ce que c'était que le crachat
de l'ordre du Saint-Esprit, il baissa la tête pour lui répondre.
Alors cette petite lui donna un bon coup sur le nez en lui disant :
« Attrapé, Son Eminence ! » Cette espièglerie plut infiniment
au Cardinal. » Les succès de l'armée française forcent bientôt
Mme de La Boutetière à gagner Coblentz, puis Mayence, Francfort
et Seligenstadt, où elle se sépare de ses filles. « J'avais depuis
longtemps demandé à mon frère s'il n'y avait pas possibilité de
faire entrer mes filles au couvent de la Visitation à Vienne. Je
savais que la supérieure était Française et avait été élevée à

(5) Archives de Seine et Oise. D. 179. Elle reçut cent livres pour frais de
voyage.

Saint Cyr comme moi... Je reçus vers la fin de février (1795) l'avis qu'une place pour chacune de mes filles était accordée. » Les deux enfants passèrent par Ratisbonne où elles furent reçues par Mᵐᵉ de Boisgelin, et Alexandrine écrivait à sa mère : « J'entendais toujours parler de la diète de Ratisbonne ; je ne vois pas cela, car chez Mme de Boisgelin j'ai tout en abondance. » M. et Mᵐᵉ de La Boutetière et leur fils retournèrent à Francfort, où arriva bientôt M. de Charette, neveu du général vendéen. M. de La Boutetière décida de s'embarquer avec son fils et M de Charette pour l'Angleterre, d'où il espérait pouvoir gagner la Vendée. « Je les vis partir ; je rentrai chez moi le cœur serré et suffoqué de douleur. » La comtesse quitta bientôt Francfort pour Munich et Nymphenbourg. Son mari et son fils n'avaient pu passer en Vendée et se trouvaient toujours en Angleterre De Nymphenbourg elle fut contrainte de gagner Lintz et Freystadt, puis Vienne où elle retrouva ses filles après trois ans de séparation. Son mari vint bientôt les rejoindre En 1799 son fils débarqua en Vendée, mais ne resta que quelques mois sous les armes, la paix ayant été conclue l'année suivante. Enfin en 1801 la famille de La Boutetière rentrait en France.

Elle résida probablement en Vendée. Mais Mᵐᵉ de La Boutetière ayant établi ses enfants vint à Bollène auprès de sa mère. Elle passa donc le dernier temps de sa vie à quelques lieues de Saint-Marcel-d'Ardèche, où était né son père et dans cette petite ville de Bollène où presque toute sa famille devait s'éteindre. La marquise de La Fare, qui portait vaillamment le poids de ses quatre-vingt-dix-sept ans eut la douleur de lui fermer les yeux, le 1ᵉʳ juin 1823.

Les enfants de Mᵐᵉ de La Boutetière ont laissé postérité et sont aujourd'hui représentés par les familles de La Boutetière de Saint-Mars, de Pavée de Villevieille, du Verdier de Genouillac, de Landrian de Fisson du Montet, de Boisgelin, d'Hautpoul, de Bourgoing, Seillière et Grellet de la Deyte.

VIII. Eugénie-Julie-Urbaine d'Agrain des Hubas. Pour la famille d'Agrain, d'ailleurs bien connue, il y a lieu de faire quelques corrections à l'ouvrage de M de Gigord (1) en comparant la

(1) Gigord. *Op. cit.* p. 85

généalogie contenue dans son ouvrage avec les preuves de noblesse d'Urbaine. On verra que M. de Gigord a omis une génération, celle du père d'Urbaine, qu'il confond avec son aïeul. Il ignore également une tante de l'élève de Saint-Cyr, Louise-Urbaine-Victoire d'Agrain des Hubas, qui épousa le 16 juillet 1769 Louis-Marie-Marc-Hilaire d'Honoraty, ancien officier au régiment de Lyonnais. De ce mariage naquit, au Puy en Velay, le 24 mai 1778, une fille, Gabrielle-Julie-Marie-Anne d'Honoraty, qui fut, comme sa cousine d'Agrain, élève à Saint-Cyr (1). Mademoiselle d'Agrain mourut célibataire à Bagnols (Gard) le 14 mai 1849. (Gigord).

IX. Helvienne et Charlotte de Fages-Vaumale. — La famille de Fages, encore représentée de nos jours, a eu de nombreux rameaux dans le Bas-Vivarais. M. de Gigord (2) a donné la généalogie de plusieurs de ces branches. Mais il fait seulement mention de la branche de Vaumale (p. 196) ; les preuves d'Helvienne complètent donc heureusement sur ce point son important ouvrage.

(1) Bibliothèque nationale. Mss. Carrés d'Hozier 342. — Honnoraty de Brézenaud, Lyon, Saint-Cyr, 1781 et mardi 23 octobre 1787 — 1778, 25 mai. Baptême de Gabrielle-Julie-Marie-Anne d'Honoraty, en l'église de Saint-Jean des Fonts au Puy en Velay, fille de Mre Louis-Marie-Marc-Hilaire d'Honoraty, sgr de Brézenaud et de Rignaux le Franc en Bresse, etc., ée hier à six heures du soir. — 1769, 16 juillet. Mariage de haut et puissant seigneur messire Louis-Marie-Marc-Hilaire d'Honoraty, ancien officier au régiment de Lyonnais avec Mademoiselle Louise-Urbaine-Victoire d'Agrain des Hubas, fille de feu haut et puissant seigneur messire Jean-Baptiste d'Agrain des Hubas, chevalier, seigneur baron d'Elze, La Figière, Saint-Jean, Planchamp, le mandement de Naves, etc, des fiefs de la ville des Vans, et de feue dame Marie-Louise de Grimoard de Beauvoir du Roure d'Elze, habitant la ville des Vans. (Devez, notaire de Saint-Marcel de Carreyret.) — Les degrés précédents sont formés par Claude d'Honoraty marié en 1742 avec Ursule de Riccé, et G. d'Honoraty marié en 1706 avec Catherine de Romans. Cette famille, originaire de Florence et fixée à Lyon en 1575, portait d'azur à la bande de gueules bordée d'or. — Mlle d'Honoraty se retira aux Vans en Ardèche, sous la conduite de la citoyenne Toustain, suivant une autorisation donnée par Louise-Victoire d'Agrain, sa mère, veuve d'Honoraty, et légalisée par Baissac, maire des Vans. Ses frais de voyage lui furent accordés sur une recommandation du conventionnel Coren-Fustier adressée à son collègue le citoyen Delacroix : « C'est avec peine que je me permets mon importunité, mais je connais votre dévouement pour moi et vous savez que c'est avec ses dévots qu'on aime à réciter son bréviaire. Adieu, mon cher collègue, etc. Coren-Fustier. » (Archives du Dépt de Seine-et-Oise. Série Q, St-Cyr. Sortie des Elèves Dossiers individuels. Carton n° 2.)

(2) R. de Gigord. Op. cit. Art. Fages.

La famille de Fages-Vaumale (1) s'était fixée à Rochemaure à la suite du mariage de Pierre-François-César avec Mlle Fargier. Elle habitait une maison occupée aujourd'hui par le presbytère.

M. de Fages s'occupa de bonne heure d'obtenir une place à Saint-Cyr pour sa fille aînée. Helvienne n'avait que cinq ans lorsque cette faveur lui fut accordée. A la fin de 1780 il ne restait plus qu'à réunir ses preuves de noblesse ainsi qu'il résulte de la lettre suivante du baron de Fages-Vaumale adressée à M. d'Hozier.

« Monsieur,

Sur l'avis de M. le comte d'Ormesson, j'ay l'honneur de vous prier de vouloir bien me mander l'état des titres exigés pour les preuves de noblesse de ma fille, nommée dernièrement par le Roy à une des places d'élève dans la royale maison de St-Cyr ; afin qu'en partant d'ici je puisse emporter avec moy à Paris ceux qu'il seroit nécessaire de joindre à la preuve déjà faite devant M. d'Hozier de Sérigny pour mon fils, élève du Roy dans une des divisions de l'école militaire. Je présume, Monsieur, que cette première opération avancera d'autant la seconde. D'ailleurs, comme mes titres sont encore entre les mains de M. de Sérigny, en cas de besoin il sera aisé de se les procurer sur le champ.

(1) Une note conservée à la Bibliothèque nationale (Nouveau d'Hozier 128. Ms. fr. 31353. Dossier *La Fage.*) donne sur les armes de la famille de Fages les renseignements suivants : « Cette maison n'avoit conservé des de Fages que le chef de France, et ne portoit que les armes des Dugua, à raison du testament de noble Charles Dugua, seigneur de Valoubière, reçu par Taranget, notaire, le 17 janvier 1530. par lequel il fait sa sœur Antoinette, mariée à noble Jean de Fages, son heritière, sous la condition que ses enfants porteroient ses armes. ARMES DES DE FAGES, (ainsi inscrites à Malte.) Sont [parti] au premier d'or à une bande d'azur et une bordure de même, qui est de *Fages*, au second d'or à la montagne à trois coupeaux de gueules, celui du milieu plus élevé que les deux autres, surmonté d'une colombe d'argent tenant en son bec un rameau d'olivier de sinople, qui est de *Dugua*, et sur le tout un chef de France. Une couronne de comte, en place de perle du milieu une fleur de lis d'or, et à celles des deux extrémités une demi-fleur de lis de même. Devise : *Regi fidelitatem lilia coronant.* Au bas de l'écu : *Intacta.* Pour supports : deux licornes d'argent cabrées. » La famille de Fages, d'après la même note, aurait repris ses arms complètes en 1779. Le baron de Fages-Vaumale se servait en 1784 (Bibliothèque nationale. Même volume. Dossier *Fages.*) d'un cachet portant seulement les armes des Dugua, mais conforme pour la couronne, les supports et la devise, à la description qui précède.

En attendant j'ay l'honneur d'être, avec les sentiments les plus distingués, Monsieur,

Votre très humble et très obéissant serviteur,
LE BARON DE FAGES-VAUMALE.

A Rochemaure en Vivarais, le 1ᵉʳ janvier 1781. » (1)

Helvienne de Fages entra à St-Cyr en 1782. Sa sœur Charlotte, beaucoup plus jeune, qu'elle n'y entra qu'en 1791. Louis XVI, par une ordonnance du 26 mars 1790, avait supprimé les preuves de noblesse exigées pour l'admission dans la maison de Saint-Louis qu'il avait ainsi ouverte, sans distinction de naissance, à toutes les filles d'officiers des armées de terre et de mer. Charlotte de Fages n'eut donc pas à fournir de preuves. Les événements, du reste, se précipitaient et Charlotte ne fit que passer par St-Cyr. En avril 1791, les biens de la maison sont vendus comme natio-naux. Le 8 août 1792 la dernière élève de Saint-Cyr est nommée par le Roi et arrive le 9. Les dames de St-Cyr remplacent seule-ment à cette époque leur costume de religieuses de St-Augustin par un costume laïque analogue à celui de la fondation. Puis les

(1) M. d'Hozier avait ajouté sur la lettre du baron de Fages-Vaumale les notes qui suivent : « Du 1ᵉʳ janvier 1781, reçue le 14 dudit, répondu et envoyé à ce gentilhomme le vendredi 9 mars 1781 une notte de trois titres encore nécessaires. » Voici d'ailleurs la minute de sa lettre : « Paris, le 9 mars 1781. Mʳ de Sérigny, mon frère, m'a remis, Monsieur, les titres que vous lui aviez produits pour l'entrée de Mʳ votre fils à l'école royale militaire. J'en viens de faire l'examen, et je joins au bas de cette lettre la notte de ceux qu'il faut encore me produire pour les preuves de noblesse de Mˡˡᵉ votre fille. Vous avez le temps de les rassembler, car son entrée en la maison de Saint-Cyr n'est que pour l'année prochaine, à moins que M. d'Ormesson ne la rapproche. Il seroit néantmoins essentiel de me faire passer ces titres le plus tôt possible. Je vous prierai en conséquence de les adresser à Mʳ d'Ormesson, il me les fera remettre sur le champ. J'ay l'honneur d'être, Monsieur, votre très humble et taès obéissant serviteur : — 1° Acte original qui dise Cézar, votre ayeul, fils de ses père et mère. 2° Le contrat de mariage d'Antoine, son père, avec Marie du Mas, du 5 février 1663. [Ce deuxième article est ravé au crayon rouge] 3° Et celui de Guillaume, père de cet Antoine, avec Anne de la Motte, du 3 novembre 1622. — Mʳ de Fages de Vaumale, à Rochemaure en Vivarais. » M. de Fages-Vaumale ne rentra en possession de ses titres que trois ans après ainsi qu'il résulte de sa lettre du 23 mars 1784 au président d'Hozier. « Monsieur, l'activité de mon service ne me permettant pas d'aller dans ce moment à Paris, j'ay prié Mʳ le baron de Rochemeure de me faire le plaisir de passer chez vous pour retirer tant les titres que j'av eu l'honneur de vous présenter pour les preuves de ma fille à l'occasion de sa place à Saint-Cyr, que ceux que j'y ai ajoutté depuis relativement au projet que j'avois dans le temps de faire entrer un de mes parents au pages du Roy, etc. De Versailles, le 23ᵉ mars 1784. » (Cachet.) Cette lettre est tirée, comme les précédentes, du même volume de la Bibliothèque nationale. — M. d'Ormesson dont il est question dans ces lettres, était directeur temporel de la maison de Saint-Louis depuis 1775, et avait succédé dans cette charge à son père et à son aïeul.

élèves commencèrent à quitter Saint-Cyr. Le deuxième départ est celui de Mlle de Buonaparte. Enfin le 19 mars 1793 un décret de la Convention supprime la maison de Saint-Cyr, accorde une pension aux anciennes religieuses et fixe à quarante sous par lieue l'indemnité de voyage que recevront les élèves pour rentrer dans leurs familles. L'évacuation était complète à la fin du mois d'avril (1).

Mesdemoiselles de Fages quittèrent Saint-Cyr au mois d'octobre 1792. Helvienne avait dix-sept ans, Charlotte onze ans et demi. Leurs parents étaient bien loin d'elles, à Montélimar. Elles avaient à remplir des formalités difficiles pour de si jeunes filles. Elles eurent recours à une amie de Versailles, Mme de Brossars.

« Madame, Je m'adresse à vous en qualité d'amie, pour vous prier de vouloir prendre la peine d'aller vous mesme au département de Versailles afin de demander pour ma sœur et pour moi les vingt sols par lieues que nous n'avons point touchés, puisque la Convention nationale a accordé quarante sols aux élèves de la maison de Saint-Cyr et que nous n'en avons reçu que la moitié. Vous savez que l'endroit de notre demeure est Montélimar. Au reste vous priérés ces Messieurs de regarder sur leur registre. Je vous serai infiniment obligée de nous les faire passer, parce que nous en avons besoin. Nous vous remettons nos intérêts entre les mains, sachant qu'ils ne sauroient être en de meilleures. Vous obligerez celles qui se disent avec vérité vos amies très affectionnées.

HELVIENNE DE FAGES VAUMALLE
CHARLOTTE DE FAGES VAUMALLE. » (2)

(1) Th. Lavallée. Histoire de la maison royale de Saint-Cyr (1686-1793). Paris. 1853. 8°.
Le même. Madame de Maintenon et la maison royale de Saint-Cyr (1686-1793). Paris. 1862, 8°.

(2) Archives de Seine-et-Oise. Série Q. Saint-Cyr. Sortie des élèves. Dossiers individuels. Carton n° 2. — Voici les autres pièces, contenues dans le même carton, qui sont relatives au départ de Mlles de Fages.
1° « Je certifie avoir l'honneur de connaître Madame de Sarasca (sic), tante à la mode de Bretagne de M. de Fougères, amie de la famille de Mesdemoiselles de Fages-Vaumale sœurs, toutes deux élèves de notre maison de Saint-Louis à Saint-Cyr, et que ladite dame de Servasca a commission des père et mère des susdites demoiselles pour les ramener en province, etc. En foy de quoy j'ay signé. A Saint-Cyr ce 9 octobre 1792.
Sœur de Crécy, maîtresse générale des classes. »
2° Certificat du maire de Saint-Cyr. « Nous, maire et officiers municipaux de Saint-Cyr, certifions que les nommées Defages-Vaumale (sic), agée de 17

Le 9 octobre leur situation était régularisée et le directoire de
Versailles les autorisait à partir pour Montélimar, sous la conduite
de Mme de Servasca On leur accordait trois cent vingt livres
pour payer leur voyage, et on leur permettait d'emporter leur
linge C'était un triste début dans la vie. Les années qui allaient
suivre ne leur réservèrent probablement pas un sort plus heureux.
Nous ignorons la destinée de leur père et de leur mère pendant
les plus mauvaises années de la Révolution. Peut-être toute la
famille émigra-t-elle ; nous savons seulement que leur frère
Louis-François-César prit du service dans l'armée de Condé (1).
Nous le retrouverons tout à l'heure.

En 1805, les deux sœurs, après un séjour dans le Vivarais,
étaient depuis quelque temps fixées à Montpellier. Helvienne
venait d'avoir trente ans, Charlotte en avait vingt-quatre. M. et
Mme de Fages étaient peut-être morts, car les lettres d'Helvienne
que nous allons citer (2) ne les mentionnent pas. La situation de
Mlles de Fages était assez précaire. Helvienne se mit alors coura-
geusement au travail et trouva dans l'instruction qu'elle avait
reçue à Saint-Cyr le moyen de se procurer les ressources nécessaires pour vivre. Elle résolut en effet d'ouvrir un pensionnat où
elle enseignerait tout ce qu'on apprenait à Saint-Cyr.

Pour retracer les difficultés qu'elle eut à vaincre, nous ne

ans, est depuis dix ans dans cette maison, demoiselle Defages, sa sœur cadette,
agée de 12 ans, habite cette maison depuis deux ans, etc. Fait à Saint-Cyr,
ce 9 octobre 1792, le I de la République française.
                    Aubrun, maire. P. Bonneaux, officier municipal. »
    3ᵃ District de Versailles. Projet d'arrêté autorisant la dame Servasca à
emmener les demoiselles Vaumale, sœurs, accordant 320 livres auxdites
Vaumale, et les autorisant à emporter leur linge Le 9 octobre 1792.
    4º Extrait du registre des délibérations du directoire du district de Versailles.
Le 9 octobre 1792 Autorisation donnée à la citoyenne d'Augenourt (?) de
Servasca. domiciliée à Saint-Germain-en-Laye, pour retirer les susdites
demoiselles Defages.

    (1) Gigord. *Op. cit.* p. 196.

    (2) Toutes ces lettres sont adressées à Madame Champanhet, de Baïx,
Madame Christophe Champanhet, fille de M. André-Jean Bouvier, conseiller
du Roi et maire perpétuel de Baïx, et de Mlle Suzanne de Verdier, de Rochemaure, avait épousé en 1778 M. Christophe Champanhet, avocat en parlement
et juge de la comté d'Antraïgues, mort juge au tribunal de district du Coiron,
fils de M. Jean-Henry Champanhet, juge de Vals et de Mlle Elisabeth-Rose
Jouve. Dans toutes ces lettres Helvienne de Fages appelle Madame Champanhet
sa cousine. Ce n'est peut-être qu'un terme d'amitié, car nous n'avons pu
découvrir aucun lien de parenté entre la famille de Fages et les familles
Bouvier. de Baïx, et de Verdier. Mais les Bouvier, de Cruas, proches parents
des Bouvier, de Baïx, étaient alliés aux Fargier. Il se peut que cette alliance
ait suffi pour motiver l'expresssion dont se servait Helvienne de Fages. — Ces
lettres font partie des archives de Saint-Maurice, à Baïx.

pouvons mieux faire que de lui laisser la parole. Ses lettres, rapidement écrites, parfois de style négligé, permettent du moins de se faire une idée de son caractère et d'apprécier avec son énergie ses qualités de cœur et le vif attachement qu'elle conservait pour son pays natal.

Le 10 juin 1805 elle écrivait à Mme Champanhet :

« Je compte beaucoup sur votre bonté, ma chère Cousine, et si par vous ou vos connaissances vous pouvez me procurer quelques pensionnaires riches à qui on veuille donner une éducation soignée et tous les maîtres possibles, je suis à même dans cette ville de les leur procurer. M. Raymond (1) et M. Magloire (2) qui ont des connaissances à Montélimart par l'abbé de Vie pourroient peut-être m'obliger. Il y a de fortes maisons. Ne m'oubliez pas. »

Helvienne était alors fixée dans un appartement du faubourg de la Sônerie. Elle venait de renoncer à un projet dont la réalisation aurait pu la détourner de l'enseignement, et sur lequel nous reviendrons tout à l'heure. « Je vais donc me borner à travailler, comme vous savez que c'était mon intention, dans un pensionnat, avec mon amie Mlle de Leuse, que j'ay avec moy. J'espère de votre amitié et bonté que vous ferez, ainsi que Messieurs vos beaux-frères, tout ce qui dépendra de vous pour m'aider à vaincre les premières difficultés qui sont inévitables et pénibles à surmonter. Mais je n'en suis ni affectée ni découragée. Je m'y attendois. Ah ! ma chère Cousine, travaillez y comme votre cœur vous y porte pour moy, afin que plustost j'aurai d'ouvrage, plustost aussi je pourrai réaliser le projet de chercher le moyen dans quelques années, avec mes économies, de me rapprocher de vous... Conservez-moi toujours, ainsi que votre aimable famille une place dans votre cœur. Le mien est toujours à vous.

Malgré que j'aime Montpellier, je m'y regarde néanmoins comme exilée. Beaucoup de personnes s'y intéressent à moi, et j'ose espérer de la Providence, qu'avec le concours de tous, Elle

---

(1) Monsieur Christophe-Raymond-Stanislas Champanhet, né à Vals, beau-frère de Madame Christophe Champanhet, était alors curé de Cruas. Il avait été ordonné prêtre en l'église abbatiale de St-Benoit de Cavaillon le 20 septembre 1775, et nommé la même année prieur de Saint-Cierge-la-Serre. Curé de Cruas jusqu'en juillet 1823, il fut alors nommé chanoine de Viviers où il mourut le 1er janvier 1831.

(2) Monsieur François-Magloire Champanhet, frère du précédent, né à Vals, le 21 septembre 1765, était curé de Meysse. Il mourut à Viviers en 1836, étant chanoine et grand-vicaire. Avant la Révolution il avait été vicaire à La Voulte.

ne m'abandonnera pas J'aime néanmoins encore mieux les aima-
bles et respectables parents qui m'ont comblée de tant de bontés
dans mon pays natal ou environ. Je suis Vivaroise de cœur et
d'âme et Montpéliérinque par circonstance, et un peu par reconnoissance, puisque j'y ai trouvé par le passé une existence et y
en ai procuré une à ma sœur. Soyez mon interprête auprès de
votre bien chère et aimable famille, ma chère Cousine. Je vous
embrasse de tout mon cœur. Mes compliments aux deux messieurs
Champanhet, vos voisins. Je les prie d'être mes interprêtes chacun en leur endroit auprès de mes bons parents, sans oublier les
amis de Rochemaure et autres ..Adieu, mon aimable Cousine, je
vous aime de tout mon cœur, et c'est pour la vie. — Helvienne
de Fages-Vaumalle. Ce 10 juillet 1805. »

« Ma chère Cousine, votre bonté pour moy me rendra peut-être
indiscrète, mais veuillez m'excuser par la véritable confiance que
vous m'avez si bien inspirée et que je n'aurois jamais su si bien
placer. Mon plan, que vous avez connu dans le temps que
j'avois l'avantage d'être auprès de vous, et que vous avez approuvé,
de me mettre en mon particulier avec indépendance, quoique
avec une amie respectable sous tous les rapports, (ce qui me met
à l'abri de la critique), me donne cependant un peu de peine pour
m'établir solidement dans les commencemens. Je devois m'y atten-
dre, et je n'en suis point surprise. Je ne dois point m'endormir,
et, au contraire, me donner plus de mouvement, ce que je ne puis
par moi-même autant que par mes bons parens et amis. Je me
suis décidée à faire un prospectus que l'on a envoyé dans beaucoup
d'endroits, et je me fais un plaisir de vous en envoyer un. Il y a
dans Montpellier une infinité de pensionnats, autre opposition
contre moy pour une prompte réussite. Cependant, ma chère
Cousine, je ne devois point choisir ailleurs le lieu de ma résidence.
Mes intérêts à venir, joints à mon attachement pour ma tante (1)
et ma sœur qui y résident, devoient, sans compter l'habitude que
j'avois dans cette ville où j'ai beaucoup de connaissances, seules
me déterminer. Je n'ai donc point de regret, et si vous me
connoissez, ma chère Cousine, vous saurez que la pusillanimité
et le découragement ne m'ont jamais gagnée. Mon trop long,

(1) Nous ignorons le nom de cette tante de Mlles de Fages.

séjour dans le Vivarais a fait écarter tous les enfans de la ville qui m'étoient destinés ; et, placés dans d'autres très bonnes pensions, on n'ose ni ne peut guère même les déplacer, n'ayant aucun sujet de mécontentement..... Mais puisque Dieu veut que nos jours soient marqués au sceau des sacrifices, j'ose réclamer votre amitié et bon souvenir de toute votre charmante famile pour me dédommager un peu de l'éloignement. Assurez la toute de mon inviolable amitié dont je la prie, chaque individu en particulier, de recevoir le gage par un baiser des plus tendres... Mme d'Antraïgues, chez qui j'ai diné avec mon amie et passé toute la journée il y a deux jours, m'a chargé tout spécialement de mille choses honnêtes pour vous, ma chère Cousine, et pour Messieurs vos deux beaux-frères. Vous voudrez bien leur offrir mes compliments. Je finis en vous embrassant du plus tendre de mon cœur. Helvienne de Fages. Ce 19 août 1805. »

Cette lettre contenait le prospectus annoncé, que nous reproduisons ci dessous :

Mlle DE FAGES-VAUMALLE, Ainée, élève de la maison de St-Louis à St-Cyr, près Versailles ; désirant s'occuper de l'Education des jeunes personnes, a pris pour cet objet un logement chez Mr. Boulabert, Faubourg de la Sonnerie, où il y a terrasse et Jardin pour les récréations : son plan est de leur enseigner tout ce que l'on apprenoit à St-Cyr ; afin d'y mieux réussir, elle ne se chargera que d'un nombre déterminé d'Elèves, dont l'Education sera très-religieuse, ce qui n'empêchera pas que leur esprit ne soit cultivé avec soin ; Lecture, Ecriture, Arithmétique, Langue Française par principe ; Géographie, Musique, dessein en fleurs pour leur procurer le plaisir de broder sans le secours des dessinateurs, Etc. Pour l'ouvrage, tout ce que l'on pourra désirer, soit pour couture ou broderie. Les parents auront la liberté de donner à leurs enfans des maîtres d'agrément qui seront payés séparément.

Le prix de la pension 60 f. par mois, demi-pension 30 f.

Le 21 septembre de la même année Helvienne de Fages se félicitait des premiers résultats obtenus : « Mon pensionnat commence à se monter... C'est avec juste raison, ma chère Cousine, que j'ai adopté pour devise : Temps et Patience, et qu'il n'y a que la persévérance de couronnée. J'ai déjà trois pensionnaires, et quatre autres, qui ont été à la campagne pour les vendanges, doivent entrer chez moi le mois prochain. »

Trois semaines plus tard, elle annonçait à Mᵐᵉ Champanhet le mariage de son frère : « Je m'empresse, ma chère Cousine, de vous apprendre le mariage de mon frère, en Angleterre, avec Mˡˡᵉ du Moulin, âgée d'environ vingt-neuf ans, orpheline, nièce d'un baronnet et d'une lady, qui depuis plus de douze ans lui servent de père et mère, appartenant aux meilleures familles d'Angleterre, demoiselle du reste remplie de mérite, de religion, et de toutes qualités. Mon frère, qui m'écrit lui-même son mariage terminé depuis le 20 aoust dernier, paroit enthousiaste de sa nouvelle épouse. Je satisfais aux vœux de ma famille en vous en faisant part, et je connois trop votre attachement pour nous tous pour que je doute un instant de l'intérêt que vous y prendrez. » Mˡˡᵉ Dumoulin s'appelait Balbe-Mathilde, elle était fille d'un émigré français (1).

Nous avons fait allusion plus haut à un projet qui aurait pu détourner Helvienne de l'enseignement. Il s'agissait d'un mariage avec Monsieur D. A., Vivarois comme elle, et dont la situation de fortune était également assez précaire. Cette circonstance, jointe à la résolution qu'avait cru devoir prendre Charlotte de Fages en séparant ses intérêts de ceux de sa sœur, avait amené l'abandon du projet, qui, d'ailleurs, ne déplaisait point à Mˡˡᵉ de Fages.

« D'après ce que je viens de vous dire de l'intention de ma sœur, écrivait Helvienne le 10 juin 1805, vous voyez que mon mariage ne pouvait avoir lieu ». Et plus tard elle ajoutait : « Cette séparation d'intérêts, comme vous voyez, ma chère Cousine, m'éloigne plus que jamais d'un établissement où la fortune n'est d'aucun côté. » (Lettre du 10 juillet).

Enfin la nouvelle du mariage de M. D. A. lui donne l'occasion de

(1) Gigord. *Op. cit.* p. 96. Corriger la date 1800. On voit que le mariage de M. de Fages-Vaumale n'est que de 1805. Nous ne savons si M. de Fages a laissé des descendants.

s'expliquer plus longuement : « M. D. A. ne m'a point fait part de son mariage, mais je l'ai su dans le temps par une autre personne. Je loue et bénis la Providence de m'avoir donné assez de force et de courage pour résister absolument à ses sollicitations, dont vous plus que personne, ma chère Cousine, avez été témoin oculaire. Il est heureux, je le suis aussi, tandis que nous aurions été malheureux tous les deux. Ne me parlés pas d'un mariage sans aisance pour la fortune. Il méritoit mon attachement par ses excellentes qualités, auxquelles je rends bien justice, mais ce n'est pas tout ce qu'il faut en ménage, et, encore une fois, je bénis Dieu d'avoir eu assez de raison pour faire toutes ces réflexions avant de m'y engager. Il ne m'auroit resté après que des regrets inutiles que je me suis épargné ainsi qu'à lui. Reconnoissez mon langage, ma chère Cousine, qui, comme vous le savez, a été constamment le même. Ainsi, ce n'est ni regret, ni dépit, qui me le fait tenir aujourd'hui. Je suis bien charmée de ce que vous me dites qu'il se félicite chaque jour du choix de sa nouvelle épouse. Dites-lui, je vous prie, la première fois que vous le verrez, com-cela me fait plaisir. S'il a le cœur aussi bon comme j'ai toujours cru le lui connaître, il sera aussi charmé pour moi comme je le suis pour lui, d'apprendre que je suis aussi fort heureuse, et me félicite d'avoir, (après quelques petites peines inséparables d'un commencement d'entreprise quelconque), d'avoir, dis-je, suivi mon plan primitif, dans lequel je goûte véritablement le bonheur. J'ai neuf jeunes personnes dans l'instant actuel. J'ai la santé, de l'ouvrage comme je le désirois, une bonne et respectable amie, un agréable et charmant logement, des voisins avec qui je vis comme ne faisant qu'une famille,... ma chère Charlotte se conduit toujours parfaitement, assemblée deux fois toutes les semaines chez ma tante qui aime toujours beaucoup ses deux nièces...Voilà ma position actuelle, ma chère Cousine. Vous voyez que ce n'est pas sans raison que je vous disois au commencement par mes lettres que Temps et Patience venoient à bout de tout, et qu'assurément le découragement ne me prendroit pas.

J'ai eu des nouvelles de ma famille depuis l'annonce du mariage de mon frère. Ils sont toujours heureux et contents ; ma tante en a toute la joie possible... Ménagez votre santé. Recevez l'assurance réitérée de l'attachement des deux sœurs qui vous sont, ma chère Cousine, justement dévouées pour la vie. HELVIENNE DE FAGES-VAUMALLE. »

Les lettres suivantes témoignent de la même satisfaction. Une lettre du 11 mai apporte à madame Champanhet la nouvelle de la mort d'une autre Vivaroise fixée à Montpellier, la mère du célèbre comte d'Antraïgues.

« La respectable Madame d'Antraïgues est morte depuis quinze jours. Sa maladie a été de courte durée. Je tombai malade le même jour qu'elle ce qui m'a privée du bonheur d'être présente à ses derniers momens. J'attendais sa guérison et la mienne pour lui en (1) parler, parce qu'elle accordoit son estime au jeune homme et que je connoissois son attachement pour vous. J'espérois vous en faire parler, ce qu'elle auroit fait avec plaisir, mais, hélas, elle n'est plus, à notre grand regret. »

Enfin une dernière lettre, du 6 août 1806, nous montre Helvienne de Fages heureuse, ayant trouvé le port après tant de traverses « Je goute tous les jours davantage le bonheur d'être chez moy, sans autre dépendance que mon devoir. Ma famille, avec qui je suis en correspondance suivie, m'a donné et confirmé son approbation. Ma tante me témoigne chaque jour plus d'amitié et m'en réitère souvent de petites marques Quoi de plus pour vivre heureuse avec peu de fantaisies et de quoi fournir à tous mes besoins. Enfin, ma chère cousine, je le répète encore, après l'orage vient le beau temps, j'en jouis et sais l'apprécier. »

Helvienne de Fages mourut le 24 août 1824, à Montpellier. Sa sœur Charlotte lui survécut jusqu'en 1862 (2). Elle avait plus de quatre vingts ans et nous supposons qu'elle fut l'une des derniè-

---

(1) Mlle de Fages fait allusion à un mariage qu'elle avait projeté entre Mlle Emilie Champanhet, fille aînée de sa correspondante, et M^r d'A. de B., jeune homme d'une bonne famille provençale, fixé à Montpellier. Ce projet, auquel plusieurs lettres de Mlle de Fages sont consacrées, n'aboutit pas. Mlle Champanhet épousa peu après Mr Louis-Antoine Galimard, de St-Julien-du-Serre, fils de M. Jean-Antoine Chalabreysse de Galimard, et de Dame Marie-Claudine Champanhet de Sarjas Elle fut la mère de MM. Eugène, Firmin et Emile Galimard, de Vals.

(2) Archives du département de l'Hérault. « An 1824. 24 août. Décès. De Fages de Valmale (sic). Clémence. Césarée, Helsienne (sic). — An 1862. 4 juin. Décès. Fages (de) Vaumale, Marie, Charlotte, Françoise, Césarine.

res, peut-être la dernière survivante de la maison de Saint-Louis.

(X). Marie-Blanche de Comte (1). Les preuves que nous avons publiées plus haut ne donnent pas les armes de la famille de Comte, qui sont d'azur au soleil d'or et un chef cousu de gueules chargé de trois étoiles d'or. M. le Vte de Montravel a eu l'obligeance de nous donner son avis au sujet des autres armes décrites dans les preuves. Il estime que celles qui sont attribuées aux Rocher, Bompar et Arnaud sont de fantaisie. On connait celles de la famille de Rocher qui sont : d'argent à trois pals de sable au chef d'azur chargé d'un cœur d'or accosté de deux étoiles d'argent (2). Les Bompar, sieurs de La Bastide, portaient de de gueules à un licorne d'or ou d'argent (3). Les Arnaud ne paraissent pas appartenir à la famille d'Arnaud de la Cassagne, comme le supposait M. de Gigord (4). M. de Montravel n'a pu la rattacher à aucune des nombreuses familles languedociennes de ce nom. Quant à la famille de Coulens, ses armes sont : d'azur à une colombe d'argent volante en bande (5).

Sur Marie-Blanche de Comte nous ne savons rien, sinon qu'elle fut destinée à entrer dans la Maison de St-Louis. M. de Gigord

(1) M. de Gigord (*Op. cit.* Art. Comte.) donne une génération de plus que dans les preuves. D'après lui c'est un Jean-Louis de Comte qui épousa en 1673 Blanche de Rochier ; ce Jean-Louis serait fils de Louis et d'Elisabeth-Louise de Blou, mariés vers 1650 ; et Louis serait le fils d'un autre Louis marié en 1628 à Françoise Bompard de La Bastide. L'écart considérable qui existe entre les dates des premiers et deuxième degrés présentés dans les preuves de Marie-Blanche, donne peut-être raison à M. de Gigord, malgré tout ce qu'une pareille lacune a d'invraisemblable dans des preuves de noblesse.

(2) Armorial de 1696. Montpellier-Montauban p. 1247. Déclarations de François Rochier et d'Annet Rochier, Sr du Prat. — Voir aussi l'ouvrage de M. de Gigord, art. Rocher.

(3) Communications de MM. de Montravel et Fl. Benoit d'Entrevaux.

(4) « Mathieu de Comte... épousa le 4 (*sic*) février 1577 Thomine Arnaud que l'on croit fille de Bernard Arnaud, seigneur de la Cassagne, et de Marguerite de Choisinet » (Gigord. *Op. cit.* p. 172). Les preuves indiquent au contraire que Thomine était fille de noble François d'Arnaud et de noble Guillemette de Sauvage.

(5) Voir la note 3 de la page 39.

ne la nomme pas, et nous pensons, avec M. de Montravel, qu'elle mourut jeune et ne fut point mariée (1).

FIN

(1) On a pu remarquer que ses preuves ne sont point datées. Elles ne sont pas antérieures à la fin de l'année 1688, l'extrait de baptême de Marie-Blanche étant daté du mois de mars 1688, et la description des blasons portant la date de novembre 1688. (Note 3 de la page 39).